文春文庫

記憶の中の誘拐

赤い博物館

大山誠一郎

文藝春秋

目次

記憶の中の誘拐　赤い博物館

夕暮れの屋上で

1

ドアを開けると、屋上は一面の夕日だった。

体育館の方から、吹奏楽部が奏でる『卒業写真』がかすかに聞こえてくる。明日の卒業式で使う曲だ。

その旋律に合わせるように、少女はゆっくりと足を踏み出した。

屋上にはところどころにベンチとコンクリートの花壇が設けられている。夕暮れの風に、白や黄色の水仙が小さく揺れていた。二月末の風はまだ冷たく、少女はセーラー服に包まれたからだをかすかに震わせた。

屋上は日中は出入り自由なので、お昼時にはベンチに座ってお弁当を食べる生徒たちもいるが、今、ベンチに座っているのはただ一人だった。少女の足音を聞きつけたのか、その人が振り返った。

「先輩、わたしも座っていいですか」

少女が訊くと、「もちろん」と微笑(ほほえ)みが返ってきた。

隣にそっと腰を下ろす。じんわりと幸福感がこみ上げてきた。

二人並んで、フェンス越しに校庭を眺める。朱色に染まった校庭には、ほとんど人影がなかった。周りに立ち並ぶ家々の窓に、灯りがともり始めている。

幾筋もの雲がたなびく空は、朱色と紫のタペストリーだった。『卒業写真』のゆるやかな旋律が、空に昇って消えていく。明日に卒業式を控えて、吹奏楽部の演奏はひときわ熱が入っているようだった。

今日は体育館で卒業式の合同リハーサルが行われた。『G線上のアリア』が流れる中、三年生と一、二年生が顔を合わせたのだ。これまで別々に練習してきた三年生一人一人が登壇して卒業証書代わりの紙を受け取った。続いて、吹奏楽部の伴奏のもと、一、二年生が『卒業写真』を歌い、三年生が『蛍の光』を歌った。古臭い歌だと思っていたのに、『蛍の光』を聴いて少女は少し泣きそうになった。

三年生の中には、夏まで所属していたそれぞれの部に顔を出す者も多かった。一、二年生に指導したりして、どの部もちょっとした活気に包まれた。しかしそれも終わり、時刻は今、午後五時二十分過ぎ。ほとんどの者はもう下校している。

「――先輩、もうすぐお別れですね」

少女は、夕日を浴びた横顔に言った。穏やかな瞳が少女に向けられる。その瞳は、一学年だけ上とは思えないほどしっかりしていた。

「そうだね、もうすぐだね」

「会えなくなっても、わたしのこと、憶(おぼ)えていてください」

「会えなくなってもなんて大げさだね。休みになったらいつでも会えるよ」

「でも、それじゃあ、年に一、二回しか会えません」

「電話してくれてもいいし、手紙を書いてくれてもいいよ。必ず返事を出すから」

「うれしいです」

少女の胸の中に、熱い想いがこみ上げてきた。その想いにうながされ、少女は思い切って言った。

「わたし、先輩のことが好きなんです。ずっと、ずっと一緒にいたいんです。だめでしょうか」

言ってしまった。少女は息を詰めて相手を見上げた。先輩はびっくりしたように目を見開いたが、その顔には微笑みが浮かんでいた。よかった、嫌われてはいない。少女は勇気を奮って、その先の言葉を続けた。澄んだ声が夕空に流れていく。

少女は、この先自分にどんな運命が待ち受けているか知らなかった。

2

二月二十八日金曜日。友永慎吾は大井町にある勤め先の会社を出ると、いつも乗る東急大井町線ではなく、JR京浜東北線に乗って新橋に向かった。

「よう、久しぶり」

新橋駅の改札を出たところで、不意に肩を叩かれた。振り返ると、小野沢洋が白い歯を見せていた。あの事件を体験した美術部の元三年生の一人。中学校の美術教師をしている。

久しぶり、と慎吾は答えた。

「奈津美さんは元気にしてるか？」

「元気だ。洋子さんは？」

「元気すぎる。おまけに最近、ぶくぶく太っちゃってどうしようもない」

「そういえば、お前んとこの息子は、来年大学受験じゃないか」

「そうなんだよ。それなのにぜんぜん勉強しないし、危機感のかけらもなくてさ。まったく頭が痛いよ」

「お前の親御さんも同じことを言ってたと思うけどな」

小野沢は大学卒業後すぐに結婚して子供を作った。というより、恋人を妊娠させたので急いで結婚したという方が当たっている。だから、四十一歳でもう子供が来年大学受験なのだった。

慎吾と小野沢が予約していた居酒屋に入ると、桂木宏平はすでに来て個室で待っていた。飴色の座卓を前にして座布団にあぐらをかく姿が実にさまになっている。

「おい、事務次官就任はいつだ？」

小野沢がからかうと、桂木は「ライバルが二十人くらい消えてくれないと、事務次官は難しいな」と笑った。東北大学に進学し、卒業後、国土交通省にキャリアとして勤めている男だ。地方を転々としたあと、現在は東京に戻っていた。

三人とも、一九九一年三月に都立西ヶ原高校を卒業した同級生だった。三人とも美術部に属していた。卒業して二十三年が経ち、それぞれの仕事はまったく違うが、今も年に一度、会っている。大学のサークル仲間ならともかく、高校の部活動の仲間で今も付き合いがあるのは珍しい。卒業後、しばらくは連絡があっても、やがて散り散りになるのが普通だろう。三人が今も会い続けているのは、卒業式の前日に起きたあの事件のためだった。あの事件が、三人を固く結び付けているのだ。

慎吾の脳裏に、二十三年前の三月一日のことが蘇った。

＊

朝七時過ぎ、慎吾はダイニングキッチンで朝食をかき込んでいた。いよいよ今日が卒業式だが、寂しさはまったく感じなかった。むしろ解放感と高揚感がある。寂しがっているのは母親で、「あんたの制服姿を見るのも今日で最後ね……」などと涙ぐんでいる。

不意に電話が鳴った。電話に出た母親が驚きの声を上げる。「……わかりました」と言ってすぐに受話器を置いた。

「安土先生から。卒業式は取りやめになったので、今日は自宅で待機するようにですって」

「え、なんで？」

「二年生の女の子が学校で亡くなったんだって」

「学校で亡くなった？」

　わけがわからなかった。とにかく、事情を知りたかった。いきなり卒業式は取りやめになったと言われても納得できない。

　仲のいい小野沢と桂木の家に電話をかけると、二人とも同じように連絡を受けていた。やはり納得できないという。誰からともなく、学校に行ってみよう、と言った。

　慎吾が出かける支度をしているので、母親は慌てたようだった。

「あんた、何してるの。卒業式は取りやめだから自宅待機してなさいって先生が……」

「はい、そうですかって家でおとなしくなんてしていられないよ」

　心配顔の母親を振り切り、登校した。

　慎吾と同様、納得できなかったのか、三年七組の生徒の半数ほどが教室に来ていた。ある者は興奮したように喋り、ある者は不安そうに押し黙り、ある者は涙を浮かべている。

　やがて担任の安土が現れた。よく寝ていないのか、憔悴（しょうすい）した顔で目が血走っている。

「……お前たち、今日は自宅で待機しろと言っただろう」安土は生徒たちを見回しながら苦笑した。「まあ、はいそうですかとおとなしく従う気分じゃないのはわかるけどな」

「亡くなったのは何ていう生徒なんですか？」

小野沢が尋ねた。

「二年一組の藤川由里子という生徒だ」

慎吾は耳を疑った。藤川由里子は美術部の後輩だ。小野沢の顔にも驚きの表情が浮かんだ。小野沢は続けて尋ねた。

「どうして亡くなったんですか？」

安土は一瞬、ためらってから答えた。

「頭を打ったんだ」

「どこで打ったんですか」

「第一棟の屋上でだ」

「転びでもしたんですか」

そうだ、と安土はぎこちなくうなずいた。それから生徒たちを見回すと、

「今日は卒業式は取りやめだから、お前たち、自宅に戻ってくれ。卒業式についてはまたあとで連絡する。国公立の後期日程試験を控えている者もいるだろう？　無駄に過ごしている時間はないぞ」

生徒たちは不承不承、立ち上がると、教室を出ていった。

「何かおかしいよな」

下駄箱の前で、小野沢が言った。

「安土のやつ、絶対何か隠してるよ。年寄りじゃあるまいし、高校生が転んで頭打って

死ぬか？」

「俺もおかしいと思う。だけど、転んで頭打ったんじゃないとすると、藤川はどうして死んだんだ？」

「殺されたとか」

「藤川に危害を加えようとする人間なんて、いないだろう」

隣の八組の下駄箱にやって来た桂木が口を挟む。そうだよな、と小野沢がうなずいた。

「この世で誰にも恨まれない人間がいるとしたら、それは藤川だ」

慎吾は前日、卒業式の合同リハーサルで登校し、小野沢と桂木とともに久しぶりに美術室を訪れたときのことを思い出した。由里子は他の二年生や一年生に混じって絵を描いていた。

「友永先輩、お久しぶりです。洛修館（らくしゅうかん）大学合格、おめでとうございます」

由里子は穏やかな笑みを浮かべて言った。

「ありがとう」

「京都に行くんですか。いいですね」

「まあ、京都でもどこでもよかったんだけどね。とにかく、親元を離れたかったんだ。父親には、大学なんて東京にいくらでもある、下宿すると金がかかるからだめだって反対されてさ。それで母親に、俺が京都で大学生活を送ったら、京都旅行をするとき俺の下宿に泊まればいいから宿代が要らないよって言ったんだ。そうしたら母親はすっかり乗り気になって、父親を説得してくれたんだ。俺の家は母親の方が父親より強いから」

慎吾が偽悪的に言うと、由里子はくすくすと笑った。

「友永先輩、悪知恵が働きますね」

そんな他愛ない会話を交わし、最近描いた絵を見せてもらった。由里子の絵は風景画が多いが、本人の性格がそのまま反映されたような穏やかな雰囲気に包まれていた。前回見たときよりずっと技術が上達していることに慎吾は感心した。こつこつと努力を積み重ねる彼女らしかった。

桂木は東北大学の後期日程試験が近いので、ちょっと顔を出しただけですぐに帰った。慎吾は小野沢とともに他の後輩の絵を見せてもらったり、指導したりし、五時過ぎに美術室を出た。

「卒業しても美術部に遊びに来てくださいね。京都のお土産、期待してます」

由里子はそう言って見送ってくれた。

ありえない。いったい誰が彼女に危害を加えようと考えたというのだ？

＊

由里子の自宅で通夜が行われたのは、二日後の三月三日のことだった。親族だけで過ごしたいということで、生徒たちは顔を出すのを遠慮した。

翌四日の午後二時から、葬祭場で葬儀が行われた。慎吾と小野沢と桂木の三人は、美術部の後輩たちとともに参列した。優しく親切な由里子は、男女を問わず多くの者に好かれていた。葬儀には百人を超える生徒が出席した。

西ヶ原でパン屋を営む由里子の両親は、目を真っ赤に泣き腫らしていた。両親は一人娘の由里子を溺愛していたようで、二人の憔悴ぶりは本当に痛々しかった。

その頃には、彼女が殺されたらしいということは、公然の秘密になっていた。第一棟の屋上で誰かに突き飛ばされて頭を打ったらしい……そんな話が保護者や生徒たちのあいだで囁かれていた。彼女が亡くなって三日も経ってから通夜が行われたことも、その話を裏付けた。通夜が遅れたのは、司法解剖されていたからとしか考えられない。

事態がとんでもない方向に動いたのは、その翌日だった。刑事が二人、慎吾の家を訪ねてきた。

「もう知っているかもしれないが、藤川由里子さんは殺された疑いがある。第一棟の屋上で突き飛ばされて、頭をコンクリートの花壇にぶつけたようなんだ。亡くなったのは午後五時から六時のあいだだ」

やはり殺されたのか、と慎吾は思った。自分のところに来たということは、由里子が殺された理由を探しているのだろうか。

「事件当日は、卒業式の合同リハーサルがあったので、三年生全員が登校したそうだね。そのあと、君が何をしていたか話してほしいんだ。リハーサルのあとはすぐに帰宅したのかね？」

「どうして僕にそんなことを訊くんですか。僕が藤川さんに何かしたと疑っているんですか」

慎吾は問い返した。

「疑っているわけじゃないが……。実は、藤川さんが殺される直前、屋上で誰かに話しかけているのを、第一棟四階の教室でワックスがけしていた業者が耳にしてね。午後五時二十分過ぎだったという。その話だと、藤川さんは相手に、『——先輩、もうすぐお別れですね』と言ったというんだ。二年生の藤川さんが先輩と呼んだということは、相手は三年生だ。そして、先輩と呼ぶほど上級生と親しくなるといったら、部活動だろう」

「だから、美術部の三年生を疑っているんですか」

「そういうことだ」

「先輩と呼んだからといって、部活動の上級生とは限らないでしょう。部活動以外でだって、上級生と親しくなることはありえます」

「確かに。例えば、生徒会とかね。だが、君も知っているように、藤川さんは生徒会はもちろん委員会にも入っていなかった。塾や習い事にも行っていなかったというし、友人たちの話からも美術部の上級生以外にそうした存在は浮かんでこなかった」

慎吾は黙り込んだ。刑事の言葉は正しいと認めざるを得なかった。

「その業者が犯人ということはありませんか。本当は、ワックスがけをしていた教室で藤川さんを殺してしまって、困った末に、屋上に遺体を運んで、犯人をでっち上げるために、藤川さんが誰かに話しかけるのを聞いたとか嘘をついているんじゃありませんか」

「警察を甘く見ないでほしいね。業者ももちろん徹底的に調べた。何しろ現時点では、死亡推定時刻に藤川さんの一番近くにいた人間だからね。その結果、シロだと判断した。業者には藤川さんを殺す動機がないし、藤川さんが誰かに話しかけるのを聞いたと嘘をつく必要性もない。話しかけた相手に該当する者がいないとわかったら、嘘をついた業者が今度は疑われることになる。それに、藤川さんが屋上で亡くなったことは間違いない。藤川さんは屋上のコンクリートの花壇の角に後頭部をぶつけたんだが、角には血が付いていたし、傷口の形状も角と正確に一致した。そして、ワックスがけが仕事である業者が屋上に行く理由はない」

「業者には藤川さんを殺す動機がないというけど、本当にそうでしょうか。こんなことは想像したくないけれど、夕方、ほとんど人がいない高校で女子生徒を見かけたら、悪戯しようと考える男がいてもおかしくないでしょう」

「警察もそれは考えたよ。だが、業者は全部で四人いてね。一人か二人ならともかく、四人もの人間が悪戯するとは考えられない。これまで苦情が出たこともない評判のいい業者だしね」

そこで刑事は慎吾を見据えた。

「さて、話してくれるかね。事件当日、卒業式のリハーサルが終わってから何をしていたのかを」

「リハーサルが終わったあとは、購買部でパンを買って昼ご飯にして、そのあと美術部に顔を出しました」

「部活動は美術室でしているんだね」

「はい。後輩と話したり指導したりして、美術室を出たのが午後五時過ぎだったと思います」

「美術部には君の他に二人、三年生がいたね。小野沢洋君と桂木宏平君か。君が美術室を出たとき、この二人はどうしていた?」

「桂木は東北大学の後期日程試験が近いので、リハーサルのあと、美術室にちょっと顔を出してすぐに帰りました。小野沢は、五時過ぎに一緒に美術室を出ました。正門で別れました。帰る方角が違うので」

「君はそのあとどうした?」

「西ヶ原四丁目から都電に乗って東池袋四丁目で降りて、池袋の書店で一時間ほど過ごしてから、また都電に乗って学習院下の自宅に帰りました。帰宅したのは六時半頃だったと思います」

「もう一つ、訊きたい。藤川さんが好きだったのは誰か、知っているかね?」

「藤川さんが好きだった人? どういうことですか」

「さっき言ったワックスがけの業者だがね、藤川さんの言葉をもう一つ、聞いているんだ。『わたし、先輩のことが好きなんです。ずっと、ずっと一緒にいたいんです。だめでしょうか』とね。藤川さんは屋上で会った相手に、好きだと告白したんだ。つまり、藤川さんが好きだった相手が、彼女を殺したということだ」

「藤川さんが好きだった相手なんて、知りません」

「藤川さんとはよく話をしたんだろう?」

「ええ、まあ。先輩後輩ですから。でも、誰が好きとか、そういう話はしたことがないです」

「藤川さんが好きだった相手は君ということはないかね?」

刑事の見当外れの言葉に、慎吾は苦笑した。

「僕? ありえませんよ。藤川さんにそんな告白をされたことなんてありません」

＊

刑事が帰ったあと、慎吾は小野沢と桂木に電話してみた。二人のところにも刑事が来たという。三人は西ヶ原高校近くの喫茶店で落ち合うことにした。

「藤川は第一棟の屋上で『先輩』と会って好きだって告白したって刑事が言っていた。その『先輩』っていうのは俺たちの誰かじゃないかって疑ってるみたいだった。あの日、卒業式のリハーサルが終わったあと何をしていたか訊かれたよ」

慎吾が言うと、「俺もだ」と友人たちはうなずいた。慎吾は、藤川由里子が死んだ時刻、池袋の大型書店にいたので、確かなアリバイはない。小野沢はその頃は自宅に帰っていたが、両親が共働きで留守だったので、やはりアリバイはない。桂木は自宅で後期日程試験に向けて勉強していたが、それを裏付けてくれるのは母親だけだ。警察は肉親の証言を偽証と見なすかもしれない。要するに、三人とも疑おうと思えば疑えるということだ。

「まず、確認しておきたい。藤川が屋上で会った『先輩』がこの中にいたら、正直に言ってくれ」

慎吾は小野沢と桂木に言った。

「俺は違う」

桂木が淡々と答えた。

「俺だって違う」

小野沢がむっとしたように答え、慎吾を睨みつけた。

「そういうお前はどうなんだ？」

「もちろん俺だって違う」

桂木も小野沢も嘘をついているようには見えない。だが、十八年しか生きていない身には、相手が嘘をついているかどうか見抜く力など備わってはいない。

「じゃあ、藤川が好きだった相手は誰か、知っているか？」

「俺は知らないな。藤川とはそういう話はしなかったから」

桂木が答えた。

「小野沢、お前はどうだ？　知っているか？」

慎吾が言うと、小野沢はためらった末に言った。

「藤川は、友永、お前のことが好きだったんじゃないかと思う」

「……何だって？　どういうことだ？」

「藤川はお前のことをよく見ていたんだよ。美術室でみんなで絵を描いているとき、藤川はお前が絵を描く姿を熱心に見ていたんだ。こう言っちゃなんだが、お前はずば抜けて絵がうまいわけじゃない。お前が絵を描く姿を熱心に見ていたのは、お前の絵じゃなくてお前自身に関心があったからじゃないか」

慎吾は茫然とした。そんなことは少しも気づいていなかった。

「友永、俺からも訊かせてもらうぞ。藤川が屋上で告白した『先輩』は、お前だったんじゃないのか？　正直に答えてくれ」

小野沢が突っ込んできた。

「違うってさっき言っただろう。俺が嘘をついているとでも？」

慎吾はむっとして言い返した。

「だけど、藤川が『先輩』って言った以上、相手は俺たち三人の誰かだ。この三人の中では、藤川が熱心に見ていたお前しかありえない」

「ふざけるな。警察にも同じことを言ったのか？」

慎吾が小野沢を睨みつけると、小野沢も「言ってねえよ」と睨み返してきた。桂木が冷静な声で言った。

「二人とも落ち着けよ。仲間同士でいがみあってる場合じゃない。俺は友永を信じるよ。嘘をつけるようなやつじゃないからな。小野沢、お前だって、友永が嘘をつけるとは思えないだろう？」

まあな、と小野沢はぼそりと答えた。

「だったら、藤川が話しかけた『先輩』は、俺たち以外の誰かだ。『先輩』という言葉に当てはまる人間なんていくらでもいる。警察だって無能じゃないんだから、必ずその『先輩』を見つけ出すはずだ。俺たちが心配することはない」

落ち着いた声でそう言われて、慎吾は気持ちが静まっていくのを感じた。

「さっきは悪かったな」と小野沢が言い、「気にするな」と慎吾は答えた。

しかし結局、警察は「先輩」を突き止められなかった。慎吾と小野沢と桂木は疑惑の目にさらされ続けた。ワイドショーが面白おかしく由里子の死を取り上げ、「疑惑の先輩」などとはやし立てた。卒業式は十日遅れで行われたが、そのときには記者たちが何人も校門付近にたむろしていた。

慎吾は京都の洛修館大学に、小野沢は福岡の西海(せいかい)学院大学に、桂木は東北大学に進学して、それぞれ東京を離れた。そのおかげもあって、一か月もすると、ワイドショーは事件を取り上げなくなった。折に触れて下宿に刑事が訪ねてきたが、その回数は少なくなり、大学を卒業する頃にはまったく来なくなった。

由里子の死は世間から忘れられた。だが、慎吾たち三人が忘れることはなかった。

＊

「俺、藤川のことがちょっと好きだったんだ」

小野沢が呟くように言った。酒を飲むピッチが少し早い。先ほどは冗談めかしていたが、息子の大学受験のことで悩んでいるのかもしれない。あるいは、中学の美術教師としていろいろ悩みを抱えているのか。

桂木が笑った。

「そうだと思ったよ。だから、藤川が美術室で友永が絵を描く姿を熱心に見ていた、なんて言ったんだろう。小野沢がそれだけ熱心に藤川を見ていれば、そんなことには気がつかないはずだからな。自分の絵に没頭していたということだ」

小野沢は照れたようにうなずいて、

「友永にちょっと突っかかったのも、友永がうらやましかったからかもしれんな」

「藤川が俺のことを熱心に見ていたというのは本当なのか？　どうしても信じられん」

慎吾は首をひねった。

「そう言われると自信がなくなるが……」

「小野沢、奥さんを大事にしているか？　心配になってきたぞ」

桂木が冗談めかして言う。二十三年間でこいつも変わったな、と慎吾は思った。高校生の頃はもっと堅苦しいやつだった。

慎吾は日本酒の杯を口に運んだ。

二十三年前のあの日、夕暮れの屋上で由里子が「先輩」と呼びかけたのは誰だったのだろう。由里子が恋していた相手は誰だったのだろう。

少し酔いの回った意識の中で、ふと奇妙な考えが浮かぶ。

本当は、二十三年前に小野沢が喫茶店で言ったように、屋上で由里子が「先輩」と呼びかけたのは俺だったのではないだろうか。由里子は俺を好きだと言ってくれたのではないだろうか。それなのに俺は何らかの理由で由里子を死なせてしまい、そのショックで屋上での出来事そのものを忘れてしまったのではないだろうか。

馬鹿な、と慎吾は思った。ショックで忘れてしまったなんてありえない。あの日、書店で手に取った本の内容を、俺は確かに憶えている。あれが幻の記憶だったなんてありえない。夕暮れの屋上で由里子を死なせたことを忘れてしまうなんてありえない――。

＊

横浜市青葉区にある自宅マンションに戻ったのは十二時前だった。

カードキーで玄関のドアを開けると、リビングから妻の奈津美が現れた。すでに風呂に入ったらしく、パジャマに着替えている。化粧を落としているが、三十九歳とは思えないほど若々しく見えた。

「お帰りなさい」

「ごめん、遅くなった」

「お茶でも飲む？」

「ああ、頼む」

慎吾は背広を脱いで奈津美に渡すと、リビングのソファに座った。奈津美が緑茶の湯呑みをガラステーブルに置いてくれる。

「お疲れ様。小野沢さんも桂木さんもお元気でした？」

奈津美も西ヶ原高校の美術部で慎吾たちの二年後輩だったので、小野沢と桂木のことは知っている。

「元気だった。小野沢は息子が来年大学受験だって。全然勉強しないって嘆いていたよ。昔、小野沢の親御さんがまったく同じことを嘆いていたと思うけど。桂木の方は、エリート官僚ぶりにますます磨きがかかっていた」

奈津美はくすくす笑った。それから真顔になると、

「実はね、午後七時前に、あなた宛てに変な電話がかかってきたの」

「変な電話？」

「警視庁の犯罪資料館というところから。ご主人に、二十三年前に都立西ヶ原高校で起

きた女子高校生殺害事件のことでお話をうかがいたいって」

二十三年前の事件――。酔いが急速に醒めていった。今晩、小野沢と桂木に会ったあとでその話を聞くとは、何か因縁めいて感じられる。

「ねえ、あの藤川さんの事件のことでしょう」

「――そうだな」

奈津美は美術部で慎吾の二年後輩だったので、藤川由里子のことは知っている。だが、高校二年に進級する四月から父親の仕事の都合でカナダに引っ越し、卒業までそこで過ごしたので、慎吾と小野沢と桂木がどれほど疑いの目で見られたのかは知らない。慎吾自身、奈津美にはほとんど話したことがない。その話題を無意識のうちに避けていたのだ。

「ご主人はいつ頃お帰りですかって言うから、今日は遅くなるって答えたの。来週月曜日の夜七時頃ならどうかっていうから、そのときなら帰っていると思いますって答えたけど、よかったかしら」

「それでいいよ」

警察は今さらいったい何を訊きたいというのだろう。警察には何度も何度も話をした。これ以上、話すことなど何もないはずだった。犯罪資料館などという部署は聞いたこともないが、いったい何を知りたいというのだ?

3

寺田聡の一日は、判で押したように決まっている。

朝八時五十分、三鷹市にある勤務先の警視庁付属犯罪資料館に出勤する。守衛の大塚慶次郎と挨拶を交わし、タイムカードを押す。

助手室に鞄を置き、手を洗いに洗面室に向かう。そこで清掃員の中川貴美子に出くわす。五十過ぎで、パーマをかけた女性だ。軽く世間話をしたあと、ゴム手袋をはめた手で飴を勧められ、それをありがたく断る。

それから館長室に顔を出し、館長の緋色冴子警視に挨拶し、無視される。別に館長が聡に悪感情を抱いているわけではない。緋色冴子は誰に対しても不愛想でほとんど挨拶をしない。要するにコミュニケーション能力が欠けているのだ。

そのあとは助手室で、刑事事件の証拠品や遺留品を入れたビニール袋にひたすらQRコードのラベルを貼る。昼休みには近所の定食屋に入るか、コンビニで弁当を買って食べる。五時半になると仕事をやめて退勤する。残業はいっさいなし。

捜査一課員だった聡が、ミスを犯してこの犯罪資料館に左遷されてから一年になる。ひとたび事件が起きれば休日返上、深夜まで働いていた捜査一課時代とはまったく違う環境だった。

犯罪資料館は、戦後、警視庁管内で起きたすべての刑事事件の遺留品や証拠品、捜査書類を保管し、刑事事件の調査・研究や捜査員の教育に役立てる施設だ。ロンドン警視庁の犯罪博物館に倣って、一九五六年に設立された。本家が〈黒い博物館(ブラック・ミュージアム)〉と綽名(あだな)されるのを真似て、〈赤い博物館〉と呼ばれることもある。赤煉瓦(あかれんが)造りの建物だからだ。

だが、刑事事件の調査・研究や捜査員の教育に役立てるとは名ばかりで、実態は大型の保管庫に過ぎない。はっきり言って閑職だった。

警視庁には、CCRSと呼ばれるデータベースがある。Criminal Case Retrieval System——刑事事件検索システムの略で、戦後、警視庁の管内で起きたすべての刑事事件が登録されたデータベースである。九年前に館長に就任した緋色冴子は、このCCRSをベースにした証拠品管理システムを構築した。保管されている遺留品や証拠品にQRコードを貼り、スキャナを当てると基本情報がパソコンに表示されるというものだ。聡が与えられた仕事は、遺留品や証拠品にQRコードを貼り、館長の作成した基本情報のデータと紐付けることだった。

現在、遺留品や証拠品にQRコードを貼っているのは、二十三年前の一九九一年二月に北区の都立西ヶ原高校で起きた女子高校生殺害事件だった。

遺体が発見されたのは、二月二十八日木曜日の午後七時過ぎ。用務員が、二棟ある校舎のうち第一棟の屋上に出るドアに施錠する前に屋上の見回りをしていて見つけた。

屋上は生徒が自由に出入りできるようになっており、ベンチやコンクリートの花壇が設けられている。遺体は、花壇の一つのそばに倒れていた。

遺体は、二年一組の女子生徒、藤川由里子（十七歳）だった。後頭部を花壇の角で強打し、脳挫傷（のうざしょう）を起こして死亡していた。死亡推定時刻は午後五時から六時のあいだ。

所轄の滝野川署は当初、事件・事故の両面で捜査を進めたが、事故の可能性はすぐに捨てた。地面は乾いていたし、障害物もなかったから、滑ったりけつまずいたりして倒れたとは考えられない。また、そうした場合でも、十七歳の若さなら、とっさに手を後ろにつくことができたはずだ。ところが、由里子の手のひらには地面の砂や小石やごみのような付着物はまったくなく、きれいなままだった。手を後ろについてはいないのだ。手を後ろにつくこともできないほど急に倒れたということだった。そこから考えられるのは、誰かに突き飛ばされたか、あるいは頭部を相手に抱えられて花壇に叩きつけられたということだ。殺人、少なくとも傷害致死の可能性が高い。

その日の午後、由里子は第一棟の二階にある美術室で、美術部の部活動をしていた。最後に目撃されたのは、午後五時十分頃。部活動を終え、皆が帰っていく中で、彼女は「屋上から夕暮れをデッサンしたいの」と言って、階段を上がっていった。そのあとは、誰も彼女を見ていない。

ただ、そのあとの目撃証言は得られなかったが、声を聞いたという証言は得られた。

この日の夕方、四階にある三年生の教室で、清掃業者が床にワックスがけをしていた。この時期、三年生はもう教室を使わないので、ワックスがけには打ってつけなのだ。

清掃業者は四人で、二人が机と椅子を移動させ、一人が床を洗浄するポリッシャーを使い、もう一人がそのあとワックスをかける担当だった。

作業は順調に進み、三年五組の教室まで来た。机や椅子が運び出されると、ポリッシャー担当は、洗剤の臭いを消すため窓を開け、洗浄を始めようと窓際の隅に立った。そのときだった。

——先輩、もうすぐお別れですね。

そんな少女の声が屋上からかすかに聞こえてきた。女子生徒が上級生に話しかけているらしい。だが、直後に業者はポリッシャーのスイッチを入れたので、その作動音で「先輩」の返事は聞こえなかった。

窓際のもう一方の隅までポリッシャーを進めた業者は、不意に便意を催してスイッチを切った。二月末の夕方は冷え込む。そんな中で長時間作業をしていたためだった。冷たい空気が入り込んでくる。おまけに洗剤の臭いを消すために窓を開けるので、

——わたし、先輩のことが好きなんです。ずっと、ずっと一緒にいたいんです。だめでしょうか。

スイッチを切った直後、少女の声がまた屋上からかすかに聞こえてきた。上級生に告白しているのだ。業者は上級生がどう答えるのかと興味を惹かれたが、トイレに行きたいという欲求の方が強く、その場を離れた。十分ほどして戻ってきたときには、もう何の声も聞こえなかった。

三年五組の教室は、屋上で由里子が死んでいた場所の真下だった。由里子の命を奪ったコンクリートの花壇のそばにはベンチがあり、由里子はそこに座っていたと思われる。だから、彼女の声が真下の業者に届いたのだろう。業者が十分ほどして戻ってきたとき、もう何の声も聞こえなかったということは、そのときにはもう由里子は殺されていたのだ。

滝野川署の捜査員は色めき立った。由里子は演劇部員ではないのだから、一人で台詞(せりふ)を練習していたとは思えない。あのとき屋上には、由里子の他に、確かにもう一人いたのだ。由里子が「先輩」と呼びかけていた相手、それが犯人である可能性が高い。

捜査員は他の三人の業者にも訊いてみたが、彼らは何も聞いていなかった。しかも、机の移動担当の二人とワックスがけ担当の一人は、それぞれ別の教室にいた。机と椅子の移動担当の二人は、教室の窓を閉めた状態で机と椅子を廊下に運び出しており、屋上の声は聞いていなかった。ワックスがけ担当の一人は、ワックスの乾きを速めるため教室の窓は開けていたが、屋上から声が聞こえていたときは、ちょうど廊下側の床にワックスをかけていたので、声は耳に届いていなかった。

結局、声を聞いたのは、三年五組の教室にいたポリッシャー担当だけなのだ。しかも彼も「先輩」の声は聞いていない。

では、「先輩」はどんな人物なのか。

二年生の由里子が「先輩」と呼んでいたこと、「もうすぐお別れですね」と言っていたことから、三年生であることは間違いない。そして、「先輩」と呼びかけるほど親しい関係があるということは、部活動が一緒の三年生だと考えられる。

美術部に三年生は三人いた。友永慎吾、小野沢洋、桂木宏平。友永と小野沢は三年七組、桂木は三年八組だ。

この日は翌日の卒業式に向けて、一、二年生と三年生とが合同リハーサルをした。リハーサルを終えたあと、美術部の三年生は三人とも、美術室に顔を出した。三人のうち桂木はすぐに帰り、友永と小野沢も五時過ぎに帰っている。

五時十分頃、由里子を含む二年生四人、一年生二人も美術室を出て鍵をかけ、由里子だけが屋上へ上がっていった。それが、彼女が目撃された最後だった。

捜査員は、美術部の三年生三人の誰かがこっそりと学校に戻り、屋上で由里子と会ったのではないかと考えた。美術室にいるあいだに由里子と示し合わせて、あとで屋上で密会することにしたのではないか。

友永と小野沢は午後五時過ぎに美術室を一緒に出たが、帰る方角が違うので正門で別れた。友永は西ヶ原四丁目停留場から都電に乗り、東池袋四丁目停留場で降りて近所の大型書店で一時間ほど過ごし、また都電に乗って学習院下停留場近くの自宅に午後六時半頃に帰ったという。小野沢は自転車で通学しており、上中里の自宅に五時半頃帰宅した。

友永は書店で一時間過ごしたというが、実際には学校に戻ったのかもしれない。大型書店だったので、書店員は友永のことを憶えていなかった。また、小野沢の家は両親が共働きで、彼が帰宅したとき誰もいなかったので、彼が本当に五時半に帰宅したことを証明してくれる人間はいなかった。

桂木は徒歩で午後一時前に滝野川の自宅に戻り、そのあとはずっと受験勉強をしていたという。自宅にいた母親が彼のアリバイを証言しているが、肉親の証言は百パーセント信用するわけにはいかない。

友永も小野沢も桂木も、「先輩」であることを否定した。三人の誰かが「先輩」であることを示す証拠や証言も得られなかった。

捜査員たちは、「先輩」と由里子が中学校のときに同じ部にいた可能性も考えて、中学時代まで遡(さかのぼ)った。由里子は中学時代は卓球部にいた。このとき、由里子の一学年上で、現在、西ヶ原高校の三年である者がいないか調べたが、該当者は一人もいなかった。

「先輩」が名乗り出ないことから考えて、「先輩」が犯人である可能性が高い。由里子とのあいだで何らかの争いが生じ、衝動的に殺害してしまったのではないか。

では、いったいどんな争いだったのか。由里子は「先輩」に「わたし、先輩のことが好きなんです。ずっと、ずっと一緒にいたいんです」と言った。それは愛の告白だ。そんな告白を受けたのに、「先輩」はなぜ、由里子を死なせてしまったのか。

考えられるのは、「先輩」は別の女性を愛しており、そのことを由里子に告げたために彼女とのあいだで争いが生じたということだ。

「先輩」を特定できなかった捜査員たちは、捜査の範囲を三年生全体に広げた。美術部員の他に、由里子が「先輩」と呼ぶほど親しい生徒がいなかったか調べたのだ。だが、そうした生徒はついに浮かび上がらなかった。三年生は卒業し、進学や就職で東京を離れる者も多かったことが、捜査の困難さに拍車をかけた。

そうして事件は迷宮入りした。

二〇〇四年の刑事訴訟法改正で、殺人罪の公訴時効は十五年から二十五年に延長され、さらに二〇一〇年の改正刑事訴訟法で、殺人罪の公訴時効は廃止された。しかし、二〇〇四年の刑事訴訟法改正では、公訴時効の延長は遡及適用されず、改正以前に起きた事件の時効は十五年のままだった。そのため、この事件も、発生から十五年後の二〇〇六年二月二十八日午前零時、公訴時効を迎えたのだった。

＊

この事件の証拠品は、被害者の着ていたセーラー服などわずかだったので、QRコードを貼る作業はすぐに終わった。

聡はコーヒーを淹れようと給湯室に向かった。そこで拭き掃除をしていた中川貴美子に出くわす。

「一九九一年二月に、都立西ヶ原高校の二年生の女子生徒が屋上で殺害された事件を憶えていますか？」

ふと思いついて中川貴美子に訊いてみた。彼女は、ことセンセーショナルな事件に関しては抜群の記憶力を誇るのだ。

中川貴美子はちょっと宙を睨むとすぐに「思い出した」と言った。

「被害者の先輩が犯人やないかいうて、ワイドショーでもえらい騒いどったで。『先輩、もうすぐお別れですね』って被害者が言って、告白する声が聞こえたって。被害者は美術部に入っとったんやけど、そこは先輩が三人いて、その誰かが犯人なんやないかって。先輩も未成年やったから、名前は出なかったけど」

今だったら、インターネットの巨大掲示板で名前がさらされるところだ。

「それにしても、春、先輩の卒業、別れって、まるで『春なのに』みたいやないの」

マイクを持つ真似をして「卒業だけがー　理由でしょうかー」と裏声で歌い出したので、聡はコーヒーを淹れないまま慌ててその場を逃げ出した。

助手室に戻ると、雪女が立っていた。

いや、雪女ではない。館長の緋色冴子警視だ。

ほっそりとしたからだつきに、着ている白衣にも負けないほど白い肌。肩まで伸ばした艶(つや)やかな黒髪。年齢不詳の、人形のように冷たく整った顔立ち。長い睫毛(まつげ)に縁どられた二重瞼(まぶた)の大きな瞳。雪女が現実に存在したならばこうもあろうかという雰囲気だ。ちなみに、白衣を着ているのは証拠品や遺留品が服に付着した微細物質で汚染されるのを防ぐためで、聡も同じ格好をしている。

緋色冴子は国家公務員Ⅰ種試験（二〇一二年からは総合職試験）に合格して警察庁に入庁したいわゆるキャリアだが、閑職である犯罪資料館の館長を九年も務めていることからわかるように、エリートコースからは完全に外れている。頭脳の方は問題ないので、コミュニケーション能力の完全な欠如がその原因であることは明らかだった。

「今、君がＱＲコードを貼っているのは、都立西ヶ原高校女子高校生殺害事件の証拠品だな」

緋色冴子は低い声で訊いてきた。

「はい」

「捜査書類は読んだか」

「ざっと目を通した程度です」

「それなら都合がいい。この事件の再捜査をする」

緋色冴子は気負うこともなく、淡々と言った。まるで機械のようだ。

再捜査をする——緋色冴子がそう宣言したのは、今回で六度目だった。聡が犯罪資料館に異動してから今までに、彼女は未解決事件または被疑者死亡で処理されていた事件を計五件、解決している。

この一年間でわかってきたのは、緋色冴子は犯罪資料館を、真実を暴く最後の砦だと位置付けているということだった。証拠品や遺留品、捜査書類を再検討し、不審な点があったら再捜査するのだ。ＱＲコードを用いた管理システムを構築したのも、再検討を容易にするためのようだった。

ただし、コミュニケーション能力に欠ける彼女は訊き込みには不向きなので、再捜査には助手が必要だ。これまで何度も助手に逃げられてきた緋色冴子は、捜査一課から放り出されようとしていた聡を、手を回して犯罪資料館に異動させた。元捜査一課員としての能力を見込んでのことだった。聡はこれまでの五件でいずれも訊き込みを担当している。

「わかりました。まずどこから手を付けたらいいですか？」

「西ヶ原高校に問い合わせて、事件当時の生徒で、ある条件を満たす生徒がいなかったか調べてくれ」

そして、その条件を口にした。

「その条件を満たしている生徒が何だというんですか？」

すると、雪女は無表情に答えた。

「その条件を満たしている生徒が犯人だ」

＊

都立西ヶ原高校は、戸建てとマンションが入り交じる住宅地の中にあった。近くを都電荒川線が走っている。

聡は正門横の守衛室で、午後三時にうかがう約束をしている警視庁付属犯罪資料館の者だと告げた。守衛に来校者用名札を渡され、校長室は第一棟の一階東端だと教えられる。

校舎の前に広がるグラウンドで、男子生徒たちがサッカーをしていた。高校の中に入るのは、自分が高校を卒業して以来、十三年ぶりだ。自分がひどく年を取ってしまったような気がした。

校長は、五十代末の眼鏡をかけた男だった。応接セットのソファを勧められ、向かい合って腰を下ろす。

「犯罪資料館というのはどういうところなんですか?」

校長は挨拶もそこそこに、せかせかした口調で訊いてきた。

「刑事事件の証拠品や遺留品、捜査書類を保管して、研究や捜査員の教育に役立てる部署です。捜査書類を確認していたところ、いくつか記載漏れがありましたので、補うためにうかがいました」

「あの、事件のことでまた本校の名前が出るということはないでしょうね?」

「それはありません。あくまでも警察内部での事実確認ですから」

校長は露骨にほっとした表情を見せた。

「それはよかった。あの事件があってしばらくのあいだ、本校はワイドショーなどに不本意なかたちで取り上げられましてね、生徒や保護者は大変動揺しました。そのせいか、学力も低下したし、志望者数も減ってしまった。盛り返すのは大変だったんです。私は事件当時、二年生の担任で、翌年は三年生の担任だったんですが、生徒たちは本当にショックを受けていた」

聡は緋色冴子に指示された通り、一九九〇年度と九一年度の生徒名簿を出してもらった。オリジナルを学校外へ持ち出すことはできないというので、コピーを取らせてもらう。いったん学校を出ると、近所の喫茶店に入り、事件当時の生徒で、緋色冴子に言われた条件を満たしている者がいないか調べた。

単調な作業を二時間以上続けた末に、一人の生徒が浮かび上がった。その生徒だけが条件を満たしていた。

この生徒が犯人――。だが、なぜ犯人だと言えるのか、聡にはわからなかった。

西ヶ原高校に戻った。時刻は五時二十分過ぎで、部活動を終えた生徒たちが笑いさざめきながら、三々五々、校門から出てくる。聡は彼らとすれ違って校門を通り抜けた。夕日を一面に浴びた校舎が見えた。二十三年前の二月二十八日のおそらく今頃、藤川由里子は校舎の屋上で命を落としたのだ。笑いさざめく生徒たちの中に、一瞬、彼女の幻を見たように思った。

もう一度、校長に面会すると、「卒業生の住所はわかりますか」と尋ねた。

「わかると思います。うちの高校は同窓会活動がさかんで、卒業生の多くが同窓会に入っていましてね。同窓会誌を送るので、現在の住所も教えていただいているんです」

「でしたら、この人の現住所を教えてください」

聡はコピーを取り出し、条件を満たすただ一人の生徒の名前を指差した。

4

聡は、犯罪資料館のおんぼろワゴン車のステアリングを握っていた。助手席には緋色冴子が座って、窓の外を流れる夜景をじっと眺めている。

二人は、横浜市青葉区にある友永慎吾の自宅に向かっていた。

緋色冴子が犯罪資料館を出るのは異例だった。聡が訊き込みを担当した五件の再捜査で、緋色冴子は館長室から一歩も出なかったのだ。今回に限ってなぜ、犯罪資料館を出たのか、聡にはわからなかった。

聡は西ヶ原高校から戻ると、調査結果を伝えた。すると雪女は、友永慎吾に一つ質問をする必要があると言った。その質問を聞いて聡は首をかしげた。その質問にいったい何の意味があるのか。しかし、彼女はいつものように何も教えてくれなかった。

友永慎吾の自宅に電話したところ、妻が出て、主人は今日は遅くなりますと言ったので、翌週月曜日の午後七時に自宅で会う約束を取り付けたのだった。

緋色冴子は犯罪資料館ではいつも白衣を着ているが、今はグレーのジャケットとタイトスカートという格好だった。彼女はいつも聡より先に出勤して聡よりあとに退勤するので、白衣以外の服を着ているのを見るのは初めてだ。

聡はふと、緋色冴子と藤川由里子が同世代であることに気がついた。緋色冴子は年齢不詳の容姿をしているが、おそらく四十歳前後だろう。今から二十三年前は十七歳。つまり、由里子と同学年だったかもしれないということだ。だが、由里子のように誰からも好かれる少女だったとはとうてい思えなかった。抜群に頭はいいから教師には一目置かれていただろうし、容姿はクラス中の注目を集めていただろうが、このコミュニケーション能力不足ぶりでは、友人一人いなかったのではないか。休み時間にも自分の席に座ったまま、誰とも言葉を交わさず、無表情に本を読んでいる少女の姿が容易に脳裏に浮かんだ。

友永家は、青葉区あざみ野にある〈ドミールあざみ野〉というマンションの五〇三号室だった。ワゴン車をマンションの前に停める。

五〇三号室の玄関のチャイムを鳴らすと、四十過ぎの長身の男がドアを開けた。

「夜分すみません。お電話した警視庁付属犯罪資料館の者です」

聡は頭を下げた。緋色冴子はといえば、おざなりに頭を下げただけで、無言でいる。

「友永慎吾です。お入りください」

男が言う。温和な顔立ちだが、少し緊張しているようだ。

玄関を入ってすぐのところにある和室に通された。聡と緋色冴子は、座卓を挟んで友永慎吾と向かい合わせに正座した。聡は名刺を取り出して座卓に置いた。

「寺田聡といいます。こちらは館長の緋色冴子」

そう紹介されても、緋色冴子は名刺一つ出さず、無言のまま、友永をじっと見つめている。友永は不審そうに彼女を見返した。あんた、頼むから普通の社会人らしく振る舞ってくれ。聡は思わず雪女に向かって胸の中で毒づいた。

襖が開き、お盆に急須と湯呑みを載せた女が入ってきた。妻です、と友永が紹介する。ほっそりとして、少女のような可憐さを残した女だった。座卓に急須と湯呑みを置き、黙って小さく頭を下げ、夫を心配そうに見やってから出ていった。聡は彼女が誰かに似ているような気がしたが、誰なのかは思い出せなかった。

「それで、私に訊きたいことというのは何なんです？」

友永が尋ねてきた。

聡は言った。

「藤川由里子さんは、あなたに好意を寄せていたことがありますか？」

「──好意を寄せていたか？」

友永は呟き、聡をきっと睨みつけた。

「私が犯人だと言うつもりですか。藤川さんが屋上で好きだと告白した先輩は私だったと？」

「いえ、違います。あなたが犯人でないことはわかっています」

「ならば、どうしてそんなことを訊くんですか」

緋色冴子が訊けと言ったからだが、まさかそうは答えられない。

「藤川由里子があなたに好意を寄せていたら、つじつまが合うからです」

雪女が低い声で言った。友永家に来てから彼女が口をきいたのはこれが初めてだった。

「――つじつまが合う？　何のつじつまが合うんです」

友永が訝しそうに言う。

「答えてください。美術部のあなたの友人に訊いてもいいが、手間を省きたい」

聡は緋色冴子のぶしつけな物言いにひっくり返りそうになった。友永はむっとしたようだが、こんなおかしな女に怒っても無駄だと思ったのか、あきらめたように口を開いた。

「――本当に好意を寄せてくれていたかどうかはわかりませんが、美術部の友人の話だと、美術室で絵を描いているとき、藤川さんはよく、私が絵を描く姿を熱心に見ていたそうです。はっきり言って私の絵はそれほどの出来ではないので、友人は、藤川さんは私の絵ではなく私自身に関心があったのだと言っていました。そのことを指して、藤川さんが私に好意を寄せてくれていたとは言えるかもしれません」

「ありがとう。これで謎が解けました」

「――謎が解けた？　本当ですか」

「最初に言っておきたいのは、事件の大前提が間違っているということです」

緋色冴子は無表情に言った。

「――大前提が間違っている？　どういうことですか」

「二年生の藤川由里子が、もうすぐ卒業する三年生の『先輩』と会っていた——それが、事件の大前提です。しかし、本当にそうなのでしょうか。

ワックスがけをしていた業者は、藤川由里子の知り合いではない。だから、自分の聞いた声が本当に彼女のものだったかどうかわからないはずです。それなのに、屋上からの少女の声を聞いたあと、屋上で藤川由里子の遺体が発見されたので、その声は彼女のものだと断定してしまっている」

「……確かにそうですね」

「少女の声が由里子だと断定された結果、三年生のあいだで『先輩』探しが行われました。しかし、警察の入念な捜査にもかかわらず、『先輩』はついに特定できなかった。ならば、少女の声が由里子だという断定を疑ってみるべきです」

「というと？」

「業者が聞いたのは、由里子の声ではない、もう一人の少女の声だということです。屋上には由里子の他にもう一人の少女がいたということです」

「もう一人の少女……？　もう一人の少女がいたと考えたところで、『先輩』が誰なのかは不明でしょう」

「屋上には由里子ともう一人の少女がいた。もう一人の少女は『先輩』と呼びかけている。ならば、由里子こそが『先輩』だったとしか考えられない。そして、由里子を『先輩』と呼んだ以上、もう一人の少女は一年生だったということになる」

聡ははっと息を呑んだ。

「――二年生の由里子が三年生に『先輩』と呼びかけたのではなく、一年生であるもう一人の少女が二年生の由里子に『先輩』と呼びかけたということですか！」

緋色冴子は聡に目を向けると、「その通りだ」と言った。

「でも、少女は『もうすぐお別れですね』と言っていた。卒業のことじゃないですか」

「卒業でなくても、別れることはある。転校だ。転校でもうすぐお別れだと言ったんだ」

「ああ、そうか……」

「では、誰の転校なのか。子供が転校するのは、一般的には親の仕事の都合などによる転居のためだが、由里子の実家はパン屋で、地元に根差した仕事だから、転校を必要とするような転居をするとは考えられない。とすれば、転校するのは一年生の少女の方だということになる」

だから緋色冴子は聡に、事件当時の一年生の女子生徒の中で、間もなく転校する予定だった生徒がいないか調べるように言ったのだ。聡は西ヶ原高校でコピーを取った一九九〇年度の一年生女子と九一年度の二年生女子の名簿を比較し、九一年度の名簿で名前が消えている生徒がただ一人いることを発見した。

「その条件を満たす生徒は一人だけいた――牧野(まきの)奈津美という生徒です。父親の仕事の都合で、四月からカナダに引っ越すことになっていた。彼女は美術部にいたから、由里子を『先輩』と呼んでもおかしくはない。彼女の現在の名前は友永奈津美」

友永は茫然として緋色冴子を見た。何を言われたのかわからないようだった。

「――奈津美が、妻が藤川さんを死なせたというんですか」

「はい」

友永の顔に怒りの色が浮かんだ。

「馬鹿なことは言わないでください。奈津美がそんなことをするはずがない。妻は穏やかな性格だ。そんなことができるはずがない」

緋色冴子はかまわずに続けた。

「あの日、午後五時十分頃に、美術部の一、二年生は美術室を出た。その中に奈津美さんもいた。由里子が『屋上から夕暮れをデッサンしたいの』と言って屋上に向かったのを見て、奈津美さんは二人きりで話をするためにこっそりと戻ると、彼女のあとを追った……」

そのとき、和室の襖ががたりと音を立てた。

聡は立ち上がると、襖を開けた。

友永奈津美が真っ青な顔で立っていた。

彼女はおぼつかない足取りで和室に入ってきた。

「奈津美、聞いていたのか」

友永が狼狽したように言う。奈津美は座卓の前にぺたりと座り込んだ。

「奈津美、大丈夫か？　変なことを言われて気分が悪くなっただろう。もう休みなさい」

彼女は首を振った。

「いえ、大丈夫……」

「大丈夫じゃない。すぐに休みなさい」

奈津美の目から大粒の涙がこぼれ落ちた。彼女は聡と緋色冴子に目を向けると、絞り出すように言った。

「わたしが……わたしが先輩を……藤川由里子さんを殺しました……」

＊

——先輩、もうすぐお別れですね。

奈津美は、夕日を浴びた由里子の横顔に言った。穏やかな瞳が奈津美に向けられる。その瞳は、一学年だけ上とは思えないほどしっかりしていた。

——そうだね、もうすぐだね。

——会えなくなっても、わたしのこと、憶えていてください。

——会えなくなってもなんて大げさだね。休みになったらいつでも会えるよ。

——でも、それじゃあ、年に一、二回しか会えません。

——電話してくれてもいいし、手紙を書いてくれてもいいよ。必ず返事を出すから。

――うれしいです。

奈津美の胸の中に、熱い想いがこみ上げてきた。その想いにうながされ、奈津美は思い切って言った。

――わたし、先輩のことが好きなんです。ずっと、ずっと一緒にいたいんです。だめでしょうか。

言ってしまった。奈津美は息を詰めて相手を見上げた。由里子はびっくりしたように目を見開いたが、その顔には微笑みが浮かんでいた。よかった、嫌われてはいない。奈津美は勇気を奮って、その先の言葉を続けた。

――美術部に入ったときから、ずっと先輩のことが好きでした。

――わたしだって牧野さんのことは好きだよ。いい後輩だし、いい友達。

――そうじゃないんです。ただの友達じゃだめなんです。

――え？

――先輩もわたしだけを好きでいてほしいんです。誰とも付き合わず、大人になっても誰とも結婚しないでほしいんです。

由里子は困ったように微笑んだ。

――わたしには好きな人がいるの。まだその人に告げてもいないけれど、できるものならば、その人と一生一緒に暮らしていきたい。

――誰ですか、その人。

——友永先輩。

奈津美は絶望の傾斜を転がり落ちていくような気がした。

自分はもうすぐカナダに行ってしまい、由里子に会えなくなる。「休みになったらいつでも会えるよ」と先輩は言った。だけど、カナダに引っ越すのだから、いつでもというわけにはいかない。学校が長期休暇のときしか日本には帰れないだろう。年に一、二回しか会えないということだ。そのあいだに由里子先輩と友永先輩の仲はどんどん進展し、自分が入り込む余地はなくなるに違いない。

慣れない外国暮らしを前にして、奈津美の心は不安でいっぱいだった。英語での授業についていけるだろうか。友達はできるだろうか。由里子の存在だけが、不安の海に沈もうとする奈津美をつなぎとめてくれていた。それなのに、その由里子までが、奈津美を不安の海に沈めようとしている……。

——牧野さん、大丈夫？

うつむいた奈津美の顔を、由里子が心配そうに覗（のぞ）き込んできた。

夕日に染まった先輩の顔はとてもきれいだった。大きな瞳も、通った鼻筋も、かたちのよい唇も、柔らかな頬も、夕暮れの風を受けてなびく艶やかな黒髪も。だけどそれは、わたしのものにはならない。それは、友永先輩のものだ。

不意に妬ましさに駆られて、奈津美は由里子を思い切り突き飛ばしていた。

奈津美の顔を覗き込もうと不安定な姿勢だった由里子は、バランスを崩して後ろに倒れた。倒れた先にはコンクリートの花壇があった。由里子の頭が花壇の角にぶつかったように見えた。由里子は人形のように地面に投げ出され、動かなくなった。

奈津美は茫然としていたが、声にならない悲鳴を上げて由里子のからだにすがりついた。

由里子のからだはぴくりとも動かなかった。目を見開き、顔にかすかな驚きの表情を浮かべたままだった。奈津美は左胸に恐る恐る耳を当てた。何も聞こえなかった。何度も何度も耳を押し当てた。だが、何度押し当てても、何の響きも伝わってはこなかった。

奈津美は後悔と悲しみが押し寄せてくるのを感じた。自分は何ということをしてしまったのだろう。由里子のからだを抱きしめ、先輩、先輩と何度も呼んだが、優しい微笑みも、温かな声も、二度と返ってくることはなかった。

どうしたらいいのだろう。先輩のあとを追って死のうか。だけど、どうやったら死ねるのだろう。ここには命を奪う道具はない。そうだ、屋上から飛び降りれば死ねる。だけど、地面に叩きつけられ、醜い姿になって死ぬのは嫌だ……。

どれぐらいそうしていただろうか。気がつくと、夕暮れは夜に変わろうとしていた。『卒業写真』の旋律ももう聞こえてはこない。

不意に総毛立つような恐怖を感じた。このままだと、屋上を見回りに来た用務員に見つかってしまう。逃げなければならない。少女はよろめきながら立ち上がった。

＊

「――わたしは由里子さんのあとを追うこともなく、罪を償うこともなく、その場を逃げ出した。死ぬのが怖かった。捕まるのが怖かった……」

かつて少女だった女は言った。

「由里子さんを死なせてしまってから、わたしの心は凍りついた。何を見ても聞いても、喜びも楽しさも悲しみも怒りも感じなくなってしまった。父と母は、わたしが慣れない外国暮らしのストレスのせいでそうなったと思ったみたいだけど、そうじゃない。由里子さんの死と一緒に、わたしの心も死んでしまったのかもしれない。そのうちわたしは、父と母を安心させるために、喜んだり楽しんだり悲しんだり怒ったりする演技をするようになった。だけど、二十三年前のあの日以来、わたしは一度だって感情が動くのを感じたことはない……」

友永慎吾がうめくように言った。

「――君は藤川のことがそれほど好きだったのか。それならなぜ、俺と結婚したんだ？」

「あなたと結婚したのは、もしあなたが別の女の人と結婚すれば、死んだ由里子さんが悲しむと思ったからです。別の女の人と結婚させないために、わたしはあなたと結婚した。あなたの結婚相手がわたしだったら、由里子さんも許してくれるような気がした。わたしのからだを借りて、由里子さんがあなたと一緒に暮らしてくれればいい……そう思ったんです。あなたのことは好きでも嫌いでもなかった。ただ、由里子さんが好意を寄せていた、そのことで、あなたはわたしにとって価値がある存在となったんです。だからわたしは、カナダの高校を卒業したあと帰国して、あなたと同じ大学に入り、あなたに近づいた。わたしは、由里子さんがあなたに振る舞っただろうように、あなたに振る舞おうと努めました。わたしを通して、由里子さんがあなたと暮らす喜びを味わってくれればいい。だからわたしはいつも、由里子さんならこんなときどうしただろうと思って行動してきました……」

聡は奈津美を見たとき、誰かに似ていると思ったが、それが誰なのかようやく気がついた。奈津美は、捜査書類に挟まれていた写真の由里子に似ているのだ。奈津美は、外見も由里子に似せようとしているのだ。

そして、緋色冴子が聡に、「藤川由里子さんは、あなたに好意を寄せていたことがありますか？」という質問を友永にぶつけさせた意図がようやくわかった。緋色冴子は、奈津美が犯人だと特定したあと、彼女がなぜ、友永と結婚したのかという疑問を抱いたのだ。ワックスがけの業者が漏れ聞いた言葉から、奈津美は由里子を愛していたと思われる。それならばなぜ、のちに友永と結婚したのか。もし由里子が友永に好意を抱いていたならば、奈津美は自分が死なせてしまった由里子の身代わりになるつもりで友永と結婚したという可能性が考えられる。つまり、奈津美犯人説の傍証となる。緋色冴子の質問にはそういう意味があったのだ。

友永慎吾がすがるような目を向けてきた。

「妻は……妻はどうなるのですか？　罪に問われるのですか？」

聡は答えた。

「時効が成立しているので、罪には問われません。そもそも、法的な罪という意味では、奈津美さんは当時高校一年生でしたし殺意もなかったと考えられるので、本来なら少年院送致が適当と判断されていたでしょう。少年院で一定期間過ごせばそれで済んだはずです」

友永が叫んだ。

「だったら、あなたたちはなぜ来たんです？　なぜ、今さら罪には問われないことを暴くなんて余計なことをしに来たんだ？」

聡は答えられなかった。緋色冴子も黙っている。

「あなたたちの話なんか聞きたくなかった。真相なんか知りたくなかった」

「……いいえ、暴いてくださってよかったと思っています」

奈津美が呟くように言った。

「わたしはずっと苦しかった。由里子さんの代わりをするのは、わたしには無理だった。本当の自分が誰なのか、本当の気持ちが何なのか、わからなくなっていた。わたしは……」

緋色冴子が立ち上がった。「そろそろおいとましようか」と聡に言う。聡も慌てて立ち上がった。

友永慎吾も奈津美も見送りには来なかった。奈津美は虚脱したように座ったまま、慎吾がその肩を抱くようにしている。

聡と緋色冴子は五〇三号室を出ると、マンションの前に停めたおんぼろワゴン車に乗り込んだ。

今回に限って緋色冴子が犯罪資料館を出た理由がわかったような気がした。彼女は、奈津美が罪を暴かれたがっていることに気がついたのではないか。奈津美の前で真相を明かすことで、彼女を解放してやろうとしたのではないか。

だが、助手席の雪女は冷ややかな横顔を見せたまま、何も語らなかった。

連火（れんか）

1

車を停めると、ドアを開けて降り立った。

午前零時過ぎ。住宅地は闇に包まれ、ところどころ街灯でわずかに照らされている。

通行人は一人もいない。

車の左手には、築二十五年になる二階建ての木造住宅。カーテンで閉ざされた窓はどれも明かりが消えている。

車のトランクルームに入れていたポリタンクを取り出した。それを手にし、門扉（もんぴ）を抜けて家の敷地に入る。

ポリタンクの口を開け、中の灯油を家の周囲に撒（ま）いていく。ポリタンクが空になると、それをトランクルームにしまい、代わりに新しいポリタンクを取り出した。

ポリタンクを五個空にして、家の周囲に灯油を念入りに撒いた。ただし、玄関付近だけは撒かず、住人たちが逃げられるようにする。

撒き終えると、マッチを擦（す）って放った。

炎が生まれ、たちまち広がっていく。車に駆け戻ると、すぐ近くの公衆電話まで走り、あの家に電話した。

十数回のコールのあと、寝ぼけた男の声が「はい」と応えた。パーティグッズのヘリウムガスで変えた声で「火事だ。逃げろ」とだけ言うと、相手の反応を待たずに電話を切った。

やがて、闇の中、あの家のある方角がうっすらと赤く染まり始めた。いまや炎が家全体を包んでいるに違いない。家の住人がうまく逃げられたことを願った。逃げてくれないと、あとで面倒なことになるかもしれない。

夜のしじまを破って、消防車のサイレンが遠くから聞こえてきた。

あの人は現れるだろうか。

火をつけたのは、あの人に会うためなのだ。

2

寺田聡は、作業台の上に置いたプラスチックケースに蓋をした。

ケースの中には、「日野市女性白骨死体事件」の証拠品や捜査書類が収められている。

一九九〇年十一月二十八日に日野市の一軒家を解体した際に床下から女性の他殺死体が見つかった事件だ。死体は推定年齢二十歳から四十歳で、死後二十年から三十年が経過。ほぼ白骨化していたが、舌骨や甲状軟骨が折れていたことから扼殺されたと見られる。

死体はブラウスとスカートを身に付けていたが、身元を示すものは何一つなかった。その家は住人が何度も替わっており、最後の住人以外は行方がわからなかった。五年前から住んでいた最後の住人が何も知らないことは明らかだった。公訴時効が成立していることは確実なので、捜査はほとんど行われず、事件は未解決のままとなっている。

犯罪資料館での聡の毎日の仕事は、館内に保管されている証拠品や遺留品にQRコードのラベルを貼ることだった。館長が保管物をQRコードで管理するシステムを構築し、発生日時が新しい事件から順に保管物にラベル貼りをしているのだ。犯罪資料館には館長と助手の聡の二人しかいないため、作業は遅々として進まず、ようやく今から二十四年前の一九九〇年十一月まで遡ったところだった。

証拠品などにラベルを貼り終えた「日野市女性白骨死体事件」のケースを抱えると、助手室を出て保管室に向かった。館内には、一階から三階まで保管室が十四室ある。そのうち三階の一室に入ると、温度は少し低めだが快適な空気がからだを包んだ。証拠品を良好な状態で保つため、すべての保管室に高価な空調設備を設け、高額の電気代を費やして、一年を通して温度二十二度、湿度五十五パーセントに維持しているのだ。

室内は二十畳ほどの広さで、スチールラックが何列も並べられ、そこに証拠品などが収められたケースが何十個も置かれている。一九九〇年十一月に割り振られたスチールラックの棚に、抱えているケースを置いた。これで一件、ラベル貼りが片付いた。すぐに次の事件に移らなければ。隣に置かれた「府中・国分寺・国立・立川連続放火事件」

と記されたケースを抱え、保管室を出た。

「寺田君、おはよう」

一階に降りたところで、業務用掃除機をかける中川貴美子に出くわした。

「おはようございます」

「今日も精が出るねえ。今度はどんな事件？」

「一九九〇年に起きた府中・国分寺・国立・立川連続放火事件です」

「ああ、あの八百屋お七事件？」

中川貴美子は即座に言った。センセーショナルな事件に関しては抜群の記憶力を誇るのだ。

「マスコミにそう名付けられていましたね」

「恋の炎に身を焦がし、想い人に会うために付け火をする犯人……あたしも昔、同じやったなあ」

「中川さん、付け火をしたんですか」

「そうそう……って何を言わすねん。恋の炎に身を焦がしたのが同じってこと」

「そうですか」

「今も恋の炎に身を焦がしとるけどな」

相手が誰か聞かされる前に、聡は助手室に退散した。

作業台にケースを載せ、捜査書類を取り出してぱらぱらとめくる。この事件は、一九九〇年八月から十一月にかけて、府中、国分寺、国立、立川の各市で起きた連続放火事件だった。最初の事件の発生日時が八月なのに、十一月に割り振られたスチールラックにケースが置かれているのは、連続した事件の場合は最後に起きた事件の発生月に該当するスチールラックにケースを置くという分類ルールによるものだ。

捜査書類を手にすると、助手室と館長室の境のドアをノックした。返事がないことはわかっているので、勝手にドアを開けて中に入る。

緋色冴子警視はいつものようにデスクに向かって書類を読んでいた。人形のように冷たく整った顔、青ざめて見えるほど白い肌、肩まで伸ばした艶やかな黒髪のせいで、雪女のように見える。フレームレスの眼鏡をかけた雪女がいれば、だが。

緋色冴子は聡が入ってきても顔を上げようともせず、信じられないほどの速さでページをめくり続けていた。保管物に貼るQRコードは、館長がパソコンで作成する事件の概要説明と紐付けることになっている。そのために彼女は片っ端から捜査書類に目を通す。常人には気の遠くなるような作業だが、緋色冴子は常人ではなかった。驚異的な速度で捜査書類を読み、しかも細部まで記憶しているのだ。

「一九九〇年八月から十一月にかけて起きた連続放火事件のものです。今からこの事件の証拠品にラベルを貼ります」

聡が捜査書類をデスクに置くと、緋色冴子はようやく手を止めて顔を上げた。そっけなくうなずくと、捜査書類を手に取ってめくり出す。

返事を期待しているわけではないので、聡はすぐに助手室に戻り、証拠品にQRコードのラベルを貼り始めた。証拠品はどれもビニール袋に入れられているので、ラベルは袋に貼ることになる。

一時間ほど作業をして、ラベルを貼っていない証拠品も残り数点になったときだった。館長室との境のドアが開き、緋色冴子が入ってきた。先ほど渡した捜査書類を手にしている。もう読んだのだろうか。彼女は捜査書類を作業台に置くと言った。

「連続放火事件の再捜査を行う」

館長が、証拠品の管理システム構築の合間に突発的に行っているのが、未解決事件の再捜査だった。犯罪資料館に配属されて間もない頃、彼女が再捜査を行うと言ったのを初めて聞いたとき、聡はただの誇大妄想だと思った。現場経験のほとんどないキャリアに捜査などできるはずがない。しかし彼女は、捜査一課の手法とはまったく異なる大胆極まりない推理で真相を導き出したのだった。聡が犯罪資料館に配属されてからこれまで、緋色冴子は六件の事件を再捜査し、解決している。

緋色冴子はお世辞にもコミュニケーション能力があるとは言えない。ミスを犯して捜査一課から放り出されようとしていた聡を引き取ったのは、彼女に代わって訊き込みをさせるためらしい。

「明日から再捜査を始める。今日中に捜査書類をすべて読んでおいてくれ」

それだけ言うと、緋色冴子は館長室に消えた。

今日中に？　聡はため息をついた。腕時計を見ると午後二時過ぎだ。残業をせずに帰るとなれば、あと三時間余りしかない。こっちは館長みたいに読むのが速いわけじゃないんですよ――胸のうちでぼやきながら、「府中・国分寺・国立・立川連続放火事件」の捜査書類をめくり始めた。

＊

一件目が起きたのは八月二日。午前零時過ぎ、府中市小柳町の木造二階建ての住宅から出火、全焼した。警察と消防による実況見分の結果、家の周囲に灯油を撒かれて火をつけられたことが判明。警察は放火事件と断定した。

この家には会社員の夫とその妻、二人の子供が住んでいたが、無事だった。何者かが電話をかけてきて、「火事だ。逃げろ」と告げたのだ。ヘリウムガスで変えたようなおかしな声だったので、性別も年齢も不明。警察が通話記録を調べたところ、近所の公衆電話からかけられていることがわかった。さらに、玄関付近だけ灯油が撒かれていないこともわかった。

これらから考えると、犯人は、玄関付近だけ灯油を撒かずに住人の逃げ道を確保したうえで、放火後すぐに近所の公衆電話から電話をかけて住人を起こし、避難させたと見られる。放火する家の住人に配慮するとは、放火犯としては珍しい。この家の電話番号を調べるのは、ほとんどの人が電話帳に名前と住所と電話番号の掲載を許可していたこの時代にはごく簡単なことだった。

家の周囲に撒かれた灯油の量は、標準的な十八リットルのポリタンク五個分はあった。したがって、犯人は車にポリタンクを積んで現場に来たと思われる。しかしあいにく、不審な車の目撃情報は得られなかった。また、ポリタンクも見つからなかった。犯人がポリタンクから足が付くことを恐れて持ち去ったのだろう。

二件目が起きたのは八月十三日。やはり午前零時過ぎ、国分寺市戸倉の木造二階建て住宅から出火、全焼した。このときもやはり、玄関付近を除いて家の周囲に灯油を撒かれ、火をつけられていた。犯人が家の住人に電話をかけて避難させていたことも同じだった。

警察はこれらの点から、八月二日の事件と同一犯だと断定、連続放火事件捜査本部を一件目の事件の所轄である府中警察署に置き、捜査一課火災犯捜査係が捜査を主導することになった。

捜査本部をあざ笑うように、犯行は続いた。三件目は八月二十六日、国立市富士見台。四件目は九月五日、立川市砂川町。五件目は九月十七日、府中市分梅(ぶばい)町。放火対象が木造二階建て住宅であること、放火の手口、犯人が家の住人に電話をかけたこと——すべてが同じだった。

捜査本部で議論されたのは、犯人の目的だった。犯人はどの事件でも、家の住人の電話番号を前もって調べている。ここから、犯人は放火対象を無差別に選んでいるのではなく、何らかの基準に従って決めていることがうかがえる。だが、被害者たちは互いに何の面識もなく、共通点は浮かび上がらなかった。被害者たちはいずれも夫婦で、五件中四件で子供がいたが、これは共通点というより、二階建て住宅に住むのは子供のいる夫婦が大半という事実がもたらす結果に過ぎないだろう。

現場が府中市、国分寺市、国立市、立川市と東京都下西部の一定の地域に限られていることから、犯人はこの地域内に住んでいる可能性が高かった。捜査本部はこの地域の所轄署の捜査員を動員して、不審者の情報を集めるとともに、三件目の犯行後は夜間のパトロールも強化した。だが、犯人らしき人物は浮かび上がらず、夜間のパトロールも四件目と五件目の犯行を防ぐことはできなかった。

家の住人が警告の電話を受けて無事だったこと、灯油を家の周囲に撒いて全焼させていることから、家の住人による保険金目当ての犯行ではないかという説も出された。警告の電話は、住人が無傷で逃げられたことを自然に見せるために、住人自身が近所の公衆電話からかけたもの。全焼させたのは、その方が保険金の支払額が大きくなるからという説だ。

だが、この説には難点があった。保険金目当てという動機では、事件が連続していることを説明できない。よその家の保険金を受け取ることはできないのだから、保険金目当ての犯行が連続することはありえないはずだ。

それぞれの被害者たちが共謀し、自分の家ではなくよその家に放火するという、「交換殺人」ならぬ「交換放火」ではないかという説も出された。だが、いくら調べても、被害者たちのあいだにつながりは見つからず、共謀した形跡はなかった。

連続放火のうち一件だけが犯人の目的で、あとはカムフラージュではないかという説も出された。だが、カムフラージュのために何件も犯行を重ねたというのはあまりに非現実的だ。結局、犯人の目的はわからないままだった。

犯人の電話のおかげで、それまで死者は出ていなかったが、十月一日、ついに死者が出た。しかしそれは、放火によるものではなかった。

午後九時五十七分、警視庁通信指令センターが、一件の一一〇番通報を受電した。通報者は若い女性だったが、名乗らなかった。通信指令センターで自動的に録音された記録によれば、通報者と受電台の係官のあいだで以下のようなやり取りがなされている。

通報者「あのう、府中市や国分寺市で起きている連続放火事件のことなんですけど……」

係官「どうしましたか」

通報者「犯人じゃないかって思う人がいるんです」

係官「誰ですか」

通報者「わたしの友達なんですけど……」

係官「どうしてその人が犯人じゃないかと思ったんですか」

通報者「さっき、わたしの部屋で一緒にテレビの九時のニュースを観ていたんです。連続放火事件のニュースになって、焼け跡の映像が出ました。そうしたら、それを見ながら友達が呟いたんです」

係官「何と?」

通報者「『もう五件目なのに、またあの人に会えなかった』って」

係官「……『もう五件目なのに、またあの人に会えなかった』?　どういう意味かわかりますか」

通報者「わかりません。でも、そのときちょうどテレビに映っていたのが、連続放火事件の五件目の焼け跡だったんです。『もう五件目なのに』って、まるで自分が放火したみたいじゃないですか」

係官「お友達の名前は?」

そのときだった。電話の向こうで何かが砕ける音が響き、続いて床に重いものが倒れる音が響いた。狼狽した係官が呼びかけたが、返事がない。十数秒後、電話が切られた。通信指令センターでは通報場所を特定できるようになっている。通報場所は府中市新町のメゾン新町三〇三号室だと判明し、最寄りの交番の警官が急行した。そこで見つけたのは、ダイニングキッチンの床に倒れた若い女性の死体だった。死体の頭部には打撲傷があり、そばにガラスの花瓶が転がっていた。首には延長コードが巻きつけられていた。

　ちょうどそのとき、連続放火事件を担当していた捜査一課火災犯捜査係の捜査員たちは全員、府中警察署に置かれた捜査本部で会議の最中だったが、連続放火事件との関連が疑われる事件発生との報を受け、ただちに現場に向かった。府中警察署の捜査員、さらには在庁番だった捜査一課強行犯捜査係の捜査員や鑑識課員たちも駆けつけ、現場は騒然とした空気に包まれた。

　マンションの管理人により、死体の身元は部屋の住人である交野沙知絵(かたのさちえ)だと確認された。二十六歳で、都内の化学メーカーに勤める会社員だという。

　ダイニングキッチンに置かれた水切りかごには、洗い終えた食器が二人分入っていた。交野沙知絵は犯人と夕食をともにしたのだろう。

　司法解剖の結果、死因は絞殺による窒息死、死亡推定時刻は午後十時前後であることがわかった。これは、通信指令センターに女性から通報があった時刻と一致する。自動的に録音された女性の声を交野沙知絵の友人知人に聞かせた結果、間違いなく彼女だという証言が得られた。あの通報は犯人の演技ではなく本物だと考えていいだろう。

　交野沙知絵は犯人と一緒にテレビでニュース番組を観たが、連続放火事件の焼け跡の映像を目にした犯人が無意識のうちに「もう五件目なのに、またあの人に会えなかった」と呟いた。彼女はそれを聞いて犯人に疑惑を抱いた。交野沙知絵が一一〇番通報したということは、おそらくその時点で犯人は部屋を出ていたのだろう。しかし何らかの理由で戻ってくると、彼女が通報しているのを発見し、殺害したのだ。打撲傷を与えたガラスの花瓶も、命を奪った延長コードも、指紋が拭き取られていた。

マンションで訊き込みが行われたが、目撃情報は得られなかった。交野沙知絵は犯人のことを友達と言っていた。捜査員たちは交野沙知絵の勤め先の同僚や上司、さらには学生時代の友人や恩師に訊き込みをして該当する人物を探そうとしたが、目ぼしい人物は見つからなかった。彼女は内向的な性格で、人付き合いはほとんどなかったらしい。

交野沙知絵が犯人を友達と呼んだこと、自宅で夕食を共にしたことから、犯人は彼女の部屋に何度も上がっている可能性が高い。つまり、犯人の指紋が室内に多数、残っているはずだ。状況からして突発的な犯行だから、指紋を消す暇はなかっただろう。そこで、鑑識課員たちが室内の指紋をくまなく採取すると、交野沙知絵以外の一人の人物の指紋が部屋のあちこちから見つかった。これが問題の「友達」のものだろう。続いて捜査員たちは、交野沙知絵の判明している限りの友人知人すべての指紋をこっそりと採取し、それらを問題の指紋と照合した。だが、一致する者はいなかった。判明している友人知人の中に問題の「友達」はいないということだ。

「友達」の正体と並んで捜査本部で問題になったのは、「もう五件目なのに、またあの人に会えなかった」という言葉だった。この言葉は何を意味しているのか。犯人には会いたい人物がおり、火をつけることでその人物に会えると考えているということだろうか。その人物がどこにいるのか、犯人にはわからなかった。わかっているのは火をつければ現れるということだけ。だから火をつけた。それなのに、その人物は現れなかった――。

　火をつければ現れるとはどんな人物だろうか。思いつくのは、消防士、焼け跡の実況見分を行う消防局の火災調査担当職員、そして、現在、捜査を行っている彼ら自身――捜査一課の火災犯捜査係捜査員だ。この中に、犯人が会いたい相手がいるのだろうか。

　犯人の言葉は、捜査員たちにある物語を思い起こさせた。八百屋お七の物語だ。

　お七は十七世紀後半の江戸に生きていた少女で、本郷にある大店の八百屋の娘だった。大火事で焼け出されたお七の一家は菩提寺に避難し、お七はそこで寺小姓と恋仲になる。やがて店が再建し、お七の一家は寺を引き払う。だが、お七の恋人への想いは募るばかりだった。もう一度、家が燃えればまた菩提寺で暮らすことになり、恋人に会える――そう考えたお七は火をつける。火はすぐに消し止められたが、お七は火つけの罪で捕まり、鈴ヶ森刑場で火あぶりとなった。事件の三年後に井原西鶴が『好色五人女』で脚色して描き、その後、浄瑠璃や歌舞伎で幾度となく演じられてきた物語だ。

「火をつけることで、誰かに会おうとした」という点では共通しているが、お七の物語と連続放火事件とは微妙に異なる。お七の物語では、会いたい相手は火事の結果生じる避難生活で会える人物だった。一方、連続放火事件では、会いたい相手は火事が起きると現れる人物だと思われる。

　こうした違いはあるものの、犯人の言葉は八百屋お七を彷彿とさせるものだった。マスコミも当然ながらその点に気づき、事件を大々的に取り上げて「現代の八百屋お七」と報じた。

捜査員たちは、連続放火事件を担当した消防士や火災調査担当職員に、何年も音信不通になっている知人はいないかと尋ねた。あるいは、彼らに異常な執着を示してきた人物はいなかったか。だが、誰もが心当たりはないと答えた。捜査員たち自身にも、そうした人物に心当たりはなかった。

捜査本部の必死の捜査をあざ笑うように、放火事件はその後も続いた。六件目は十月十五日、立川市柴崎町。七件目は十一月三日、国分寺市東元町。八件目は十一月二十二日、府中市栄町。捜査本部は焦燥の色を濃くし始めた。新年を迎える前に解決を——捜査員たちの必死の捜査が続いた。

しかしなぜか、いつまで経っても九件目は起きなかった。これまでは、一か月に二、三件の頻度で放火されていた。しかし、八件目の起きた十一月二十二日から半月経ち、一月経っても、放火は起きなかった。

犯人が、火をつけることで誰かに会おうとしていたのだとすれば、八件目でついにその「誰か」に会うことができたのではないか。捜査本部はそう考えた。八件目を担当した消防士、火災調査担当職員、火災犯捜査係捜査員のうち、火災調査担当職員と火災犯捜査係捜査員は七件目までの担当者と同じだ。したがって、「誰か」は消防士の中にいることになる。

しかし、八件目を担当した府中消防署栄町出張所の消防士の誰もが、何年も音信不通になっている知人や、自分に異常な執着を示してきた人物に心当たりはないと答えた。では、犯人が犯行を止めたのはなぜなのか。犯人が死亡したのだろうか。捜査本部は、犯人が居住していると思われる府中市、国分寺市、国立市、立川市で、八件目が起きた十一月二十二日以降に死亡した人物を調べ、犯人である可能性を探ったが、該当する人物はいなかった。捜査の対象を都内全域の死亡者に広げることは、都内の一日当たりの死亡者の多さから考えて困難だった。

捜査を進めるうちに、捜査本部はついに、放火された家のあいだに大きな共通点があることを発見した。複数の事件で、近隣住民が、放火された家が建てられたのは二十四、五年前と証言していたのだ。時期が近いことに気づいた捜査本部は、各事件で放火された家の不動産登記簿を調べた。すると、八軒の家はどれも一九六五年八月に建てられていた。

これは大きな共通点だった。だが、このことが放火とどう関係するのかはわからなかった。火をつけることで誰かに会おうとしていたという犯人の動機と、放火された家がいずれも同じ時期に建てられたことのあいだに、いったいどういう関係があるのか。捜査本部はついにその答えを見つけることができなかった。

一連の事件のうち、八件の放火事件については現住建造物等放火罪が、交野沙知絵殺害事件については殺人罪が適用される。事件が起きた一九九〇年の時点では、両罪ともに公訴時効が十五年だったため、二〇〇五年八月二日から十一月二十二日にかけて次々と時効が成立した。そして、事件の証拠品や遺留品、捜査書類は捜査本部の置かれた府中警察署から犯罪資料館に移され、保管室で九年のあいだ眠り続けてきたのだった。

3

「もう五件目なのに、またあの人に会えなかった」

沙知絵の部屋でテレビのニュース映像を観ていて、不用意に呟いてしまった。それを彼女に聞かれた。

沙知絵はきっと気にしない、と自分に言い聞かせた。だが、部屋を出るとき見送ってくれた顔がどことなく強張(こわば)っているように見えた。彼女は妙なところで鋭い。心配になって、こっそりと彼女の部屋の前に戻ってみた。すると、玄関のドア越しに、電話をかける声がかすかに聞こえた。

そっとドアを開けた。沙知絵はダイニングキッチンで、こちらに背を向け電話口に向けて喋っていた。不用意に呟いてしまったあの言葉を伝えていた。相手は警察だとしか考えられない。

リビングに上がり込むと、テーブルに置かれていた花瓶を両手で持ち、振り向こうとした沙知絵の頭部に叩きつけた。彼女は声も上げずに倒れた。

「もしもし、どうしました？」

宙ぶらりんになった受話器から慌てた男の声が響いていた。受話器を取り上げて戻した。コンセントと家電を繋いでいた延長コードを取り外すと、意識のない彼女の首に巻き、思い切り絞めた。

どれくらいそうしていただろうか。彼女の口に手を当てると、息をしていなかった。手首に触れたが、脈動はなかった。沙知絵は目を見開いたまま死んでいた。

すぐに警察がここに来るはずだ。急いで逃げなければならない。花瓶や延長コードについているはずの指紋を台布巾ですばやく拭き取った。この部屋には何度も来たから、そのときの指紋があちこちに残っているはずだ。だが、消している時間はない。それに、部屋に残った指紋を警察に採取されたところで、こちらが捜査線上に浮かばない限り何の心配もない。そして、こちらが捜査線上に浮かぶ恐れは絶対にない。なぜ火をつけたのかわかる者は、警察には一人もいないだろう。

玄関ドアを開け、廊下に出た。誰もいない。誰にも見られてはいない。足早にマンションを立ち去った。

夜の路上を歩いているとき、不意に後悔と悲しみと罪悪感が波のように押し寄せてきた。沙知絵を殺してしまった。何の罪もない彼女の命を奪ってしまった。

仕方がなかった、と自分に言い聞かせた。こうするしかなかった。

あの人に会うまでは、放火をやめるわけにはいかないのだ。

4

緋色冴子が再捜査でまず求めたのは、八件の放火事件の被害者たちに会うことだった。

被害者たちは当然ながら引っ越しを余儀なくされた。捜査書類には被害者の引っ越し先と電話番号が記載されていた。最初の引っ越し先は住む場所を失って急いで決めたものので意に染まなかったのか、どの被害者も二度目の引っ越しをしており、その後、さらに引っ越しをした者もいる。捜査書類にはそれらの住所と電話番号がすべて記載されていた。捜査本部は、家を失った被害者と連絡を取れなくなることを恐れて、引っ越したら必ず新たな住所と電話番号を知らせるように頼んでいたのだろう。時効は二〇〇五年八月二日から十一月二十二日にかけて成立しており、その後、捜査は行われていないから、記されているのはその時点での最新の住所と電話番号ということになる。

記されている電話番号に片っ端から電話をかけてみると、どれも九年前から変わっていなかった。緋色冴子の指示で、そのうち東京近辺に住む六名と会う約束を取り付けた。それを報告し、「明日から被害者たちに会いに行きますが、何か質問することはありますか」と尋ねる。すると彼女は言った。

「明日の再捜査にはわたしも同行する」

聡は思わず「えっ」と言ってしまった。

「──館長も行かれるんですか」

雪女は大きな目を訝しそうに細めた。

「わたしが同行したらおかしいか」

「いえ、そんなことはありませんが」

これまでの六件の再捜査のうち五件では、緋色冴子は犯罪資料館から一歩も出ず、実際の訊き込みはすべて聡に任せていた。コミュニケーション能力に少なからぬ欠陥のある彼女は訊き込みには不向きで、そのことを自覚しての対応だった。唯一の例外は先日の西ヶ原高校女子高校生殺害事件の再捜査で、あのときは緋色冴子も聡に同行した。今回もまた同行したいとは、いったいどうしたのだろう。訊いてみようかと思ったが、黙殺されるのがおちなのでやめておいた。彼女が警視庁のイメージを傷つけるような妙なふるまいをしなければよいのだが……。

＊

翌日の朝、聡は犯罪資料館のおんぼろワゴン車に緋色冴子を乗せて出発した。守衛の大塚慶次郎が、「館長が再捜査に同行するなんて、天変地異の前触れじゃないかね」と聡に囁いて見送ってくれる。

最初に会う相手は、二件目の放火の被害者で、今井知宏という男性だった。妻と娘がいたが、妻は事件後二年ほどして自殺、娘は家を出ていき、現在の所在はわからないようだ。

今井の住まいは東久留米市前沢にある。近所のコインパーキングにワゴン車を停め、今井の住むワンルームマンションまで歩いた。

晴れ渡った青空から四月の暖かな日差しが降り注いでいた。時折吹き抜ける風が沈丁花の香りを運んでくる。どんな人間でも心が浮き立つような好天気だったが、隣を歩く雪女はまったくの無表情で、その周りだけ冬が残っているかのようだった。

二一四号室のドアを開けたのは、七十歳過ぎの男性だった。髪の毛は白くなり、顔には老人性の染みができている。険しい顔立ちをしており、抑えた怒りが伝わってくるようだった。

「お電話した警視庁付属犯罪資料館の者です」

聡が言うと、今井はじろりと目を向けてきた。

「犯人が捕まったのかね？」

「いえ、残念ながら。時効が成立しているので、捜査はもう行われていません。私たちの犯罪資料館は、事件の証拠品や遺留品、捜査書類などを保管する施設なんです。いくつか確認させていただきたいことがありまして」

「じゃあ、帰ってくれ。あの事件のことは思い出したくもない。あの事件のせいで、家族がばらばらになってしまったんだ」

「捜査は行われていませんが、私たちが資料を見直すことで、犯人が浮かび上がる可能性はあります。これまで何件か、そうして犯人が判明したことがあります」

緋色冴子が何の勝算があって再捜査に乗り出したのか皆目わからなかったが、聡はそう言った。このままでは今井に話を訊けなくなってしまう。緋色冴子は無表情で黙ったままだ。交渉はすべて聡に任せるつもりらしい。

「――わかった。入んなさい」

今井は信じた顔ではなかったが、そう言ってドアを大きく開けた。失礼します、と言って聡は上がり込んだ。緋色冴子はあいかわらず無言のままついてくる。

ほとんど家具がないがらんとした部屋だった。キッチンの横に小さなテーブルが置かれ、朝食のものらしい空の茶碗や皿、湯呑みが載っている。今井はそれをシンクに運んだ。椅子は一脚しかないので、聡は立ったままでいることにした。

「で、何を訊きたいんだ」

今井は椅子に腰を下ろすと言った。

実を言えば、聡も今さら被害者に何を訊いたらいいのかわからなかった。何を訊きたいのか、緋色冴子は明かさないのだ。ただ、何でもいいから二十四年前のことを訊けと言うだけだった。質問したいことがあるが、あまりに些細なことだから、いきなり訊かれても被害者はすぐには思い出せない、二十四年前のことをあれこれ訊かれていると記憶が刺激されて思い出すだろう、という。仕方なく、聡は適当に言った。

「事件当夜のことを話していただけるでしょうか」

「火をつけられたときは私も妻も娘も寝ていて、犯人からの電話で起こされたんだ。預金通帳を持って家を飛び出すのが精一杯だった。それ以外のものはすべて燃えてしまったよ。娘の成長の記録も、妻が趣味で描いていた絵も、私の切手コレクションも……。家族全員助かったことから、最初は保険金目当ての放火じゃないかと警察に疑われた。火事ですべてを失って茫然としているのにそんなことを疑うなんて、あまりにひどいじゃないか」

申し訳ありません、と聡は当時の捜査員の代わりに謝った。

「そのあとも放火が続いたんで、保険金目当ての疑いはすぐに晴れたが……。そうしたら今度は、犯人は誰かに会いたいために放火を続けているんだという。そんな自分勝手な目的のために家を失う人間の身にもなってくれ」

「お察しします」

「妻はあの家をとても大事にしていて、こまめに手入れし、きれいに飾り付けていたんだ。それが炎に包まれて瞬く間に失われてしまった。きっとそれで精神のバランスを崩したんだろう、事件のあとふさぎ込むようになった。私はそれが耐えられなくて、新しい住まいにはほとんど帰らなくなっていた。そうしたら、事件から二年ほどして、妻は自ら命を絶ったんだ」

聡は絶句した。捜査書類には、今井の妻が自殺した理由については書かれていなかった。

「犯人は、自分が放火犯だと見破った女性を殺害したそうだが、間接的には妻も殺しているんだ。大学生だった娘は、妻を支えなかったことで私を責めて、家を飛び出した。それ以来、一度も会っていない……」

今井の話は事件当夜のことを逸れて、警察や犯人に対する、そして人生に対する怒りの表明となっていた。

重い沈黙が降りた。聡はちらりと緋色冴子を見た。彼女が訊きたい些細なこととはいったい何だろう。すると、それまで黙っていた雪女がようやく口を開いた。

「事件前に、リフォーム業者やシロアリ駆除業者から宣伝が来たことはありませんでしたか」

妙なことを言い出すので聡は驚いた。今井は眉根を寄せて緋色冴子を見た。おかしなことを言うなと怒り出すのかと思いきや、今井は「あったよ」と答えた。

「確か、宣伝の電話がかかってきたのを憶えている。まったく興味がなかったので話の途中で切ったが……。それがどうしたんだ？」

いったいどういうことなのだろう。捜査書類には、リフォーム業者やシロアリ駆除業者からの宣伝のことはまったく書かれていなかったはずだ。

だが、緋色冴子は答えないまま部屋を出ていこうとした。訊きたいことはもうないらしい。

「すみません、ありがとうございました」

聡は今井に慌てて礼を言うと、急いで彼女のあとを追った。今井は毒気を抜かれたようにぽかんと口を開けてこちらを見ていた。

＊

「館長、帰るときは、訊き込みの相手に礼を言ってからにしてください」

外に出ると、聡は緋色冴子に注意した。

「そうだな。予想が当たったので興奮して、礼を言うのを忘れていた」

あれで興奮していたのか。緋色冴子が興奮することがあるとはとうてい思えなかった。

「あの質問はどういう意味だったんです？」

だが、彼女は何も答えなかった。まだ答えるべきときではないらしい。聡はあきらめて、近所のコインパーキングに停めていた犯罪資料館のおんぼろワゴン車に乗り込んだ。

次に会うのは、五件目の放火の被害者で、藤田久枝と山脇奈々子という母子だった。奈々子は久枝の娘だが、結婚して夫の山脇姓を名乗っている。事件当時、藤田家には、久枝の夫と、久枝の息子で奈々子の弟もいた。だが、会う約束を取り付けるときに聞いたところ、久枝の夫は二年前に他界し、息子は現在、奈良にいるという。

練馬区光が丘にある分譲マンションを訪れた。五〇二号室のドアを開けたのは、穏やかな顔をした四十過ぎの女性だった。

警視庁付属犯罪資料館の者ですと聡が名乗ると、女性は「藤田奈々子です」と言った。

事件当時は高校二年生だったという。

聡と緋色冴子はソファの置かれたリビングルームに通された。広々としていて、十四、五畳はあるだろう。

「お母様はお留守ですか」

聡が尋ねると、藤田奈々子はすまなそうな顔になった。

「ごめんなさいね。友達と一緒に、今日から金沢に一泊二日の観光旅行に出かけているんです。あなたたちの電話をいただいたあとで、母の旅行のことを思い出したんですけれど、旅行をやめるわけにもいかなくて」

「もちろんご旅行を優先していただいて結構です」

この住まいといい、友人と旅行に出かけていることといい、先ほどの今井とは違って幸福な人生を送っているようだ。

「で、何をお訊きになりたいんでしょうか」

「事件当夜のことを話していただけるでしょうか」

「そうですね……」

藤田奈々子は遠い目をした。

「あの日は、宿題をして、弟とテレビゲームをして、お風呂に入って、二階の自分の部屋に上がって寝ました。そうしたら、血相を変えた母に『火事よ！』って揺り起こされたんです。母に手を引っ張られて、パジャマ姿のまま一階に下りました。父も弟もパジャマ姿のまま。わたしたちは預金通帳だけを持って外に飛び出しました。炎が家の壁を舐めていました。周りのおうちも気づいたのか、次々に灯がついていったのを憶えています。わたしたちはどうしたらいいかわからなくて、家の前の道路に茫然と立ち尽くしていました。そのあいだにも炎はどんどん激しくなって、消防車が到着した頃には家全体を包んでいました……。

火が消されたあと、わたしたちは警察の人に話を聞かれました。わたしは二階で寝ていたので気がつかなかったんですけど、一階で寝ていた父と母は電話で起こされたそうなんです。父が電話に出ると、相手は『火事だ。逃げろ』とだけ言って切りました。父は悪戯かと思ったけど、念のため玄関から外に出てみると、玄関の両脇で炎が上がっていたので、慌てて母に告げました。

警察の人に、誰かに恨まれていないかと訊かれたけど、もちろん思い当たることなんてありませんでした。父も母も善良なだけが取り柄のような人でしたから。わたしは高校二年生、弟は中学三年生で、恨みを買うなんて考えられませんし」

当時の捜査陣は、藤田家に対しては保険金目当ての嫌疑はかけなかったようだ。すでに五件目の犯行で、保険金目当て説は当てはまらないとわかっていたからだろう。

「誰かに会うために火をつけるという犯人の動機についてはどう思われますか」

「あまりに自分勝手です。自分の勝手な思いで、どれほど多くの人の心を傷つけたか……」

先ほど会った今井の亡き妻も、心を傷つけられた一人と言えるだろう。

そこで藤田奈々子はふと気づいたように言った。

「そういえば、夫と家を買う相談をしたときも、わたしや、一緒に住む父母の希望で一軒家じゃなくてマンションにしてもらったんです。たぶん、事件のせいで、一軒家は燃えてなくなってしまうという恐怖が刷り込まれてしまったんだと思います」

聡が緋色冴子をちらりと見ると、彼女は例の質問をした。

「事件前に、リフォーム業者やシロアリ駆除業者から宣伝が来たことはありませんでしたか」

藤田奈々子ははっとしたように、ありました、と答えた。

「宣伝の電話がかかってきたことがあります。うちは家を大事に使っているから必要ありませんと母が断ったのを憶えています。……どうしておわかりになったんですか？」

藤田奈々子は不思議そうに緋色冴子を見た。だが、雪女は答えず、「ありがとうございました」と言って立ち上がった。先ほどよりは進歩している。

＊

そのあと、二人はさらに四名の被害者に会った。四名のうち三名はマンションに住んでいて、藤田奈々子が言ったように、一軒家は燃えてしまうという恐れが働いているようだった。

彼らにも、聡が事件当夜について適当な質問をし、相手の舌がほぐれたところで、緋色冴子がリフォーム業者やシロアリ駆除業者からの宣伝がなかったかと尋ねた。二名は憶えていないと答えたが、残り二名は宣伝があったと答えた。

リフォーム業者やシロアリ駆除業者からの宣伝があった——これは明らかな共通点だった。だが、それが一連の事件とどう関係するのか。そもそも、緋色冴子はその共通点をどのように導き出したのか。尋ねても、彼女は黙っているだけだった。

最後に会う相手は、当時の東京消防庁第八消防方面本部の火災調査担当職員だった別（べつ）所公司（しょこうじ）だった。連続放火事件の焼け跡の実況見分者として捜査書類に名前が記載されていた人物である。

犯人が火をつけることで会おうとした相手は、消防士か、火災調査担当職員か、火災犯捜査係捜査員だ。消防士や火災犯捜査係捜査員には会わなくていいのですかと聡は尋ねたが、緋色冴子はそっけなく「会う必要はない」と答えた。なぜ会う必要はないのか尋ねたが、答えようとしない。あいかわらずの秘密主義だ。

東京消防庁の職員名簿を見ると、別所は現在は第八消防方面本部副本部長だった。聡は電話をかけて、会う約束を取り付けた。

立川市にある第八消防方面本部を訪ね、その一室で別所と会った。五十代半ばで、髪の毛を短く刈り込み、よく日に焼けた男だった。

「一連の放火事件はすべて、あなたが実況見分したんですね」

「正確に言うと、私を含めた十名です。実況見分には、調査の責任者である指揮者一名、現場のリーダーである実況見分者一名、写真撮影者一名、発掘・訊き込み者三名、図面作成者四名からなるチームが当たるのですが、私は実況見分者を務めました。二件目以降も放火の手口が一件目と同じで、同一犯の可能性が高かったため、一件目を担当した十名全員が続けて担当することになりました。事件が第八消防方面本部の管轄外で起きた場合は担当を外れることになりますが、どの事件も管轄内で起きたので」

「永らくあなたに会っておらず、連絡を取っていなかった人物、あるいは、あなたに以前、ストーカーのように付きまとっていた人物に心当たりはありませんか」

「犯人は火をつけることで誰かに会おうとしていたという例の説ですか。当時、警察に何度も訊かれましたが、まったく心当たりはありません」

「連続放火事件の終了後、あなたと久しぶりに再会した人物は？　連続放火事件が止まったということは、犯人は会いたい相手に会うことができたとも考えられます」

「いや、まったく思い当たりません」

それから別所は首をかしげながら言った。

「犯人が会いたかった相手は私ではないんじゃないでしょうか。だって、私は最初の事件から最後の事件まで毎回、現場で実況見分をしているんです。犯人は毎回、現場をこっそりと見張っていたはずです。会いたい相手が私だったら、最初の数件で私に気づいたはずですから、それ以降、放火はやめたんじゃないでしょうか。八件も放火が続いたりはしなかったでしょう。八件目で犯行が止まった以上、犯人が会いたかった相手は八件目で初めて現れた人物——府中消防署栄町出張所の消防士ではないですか？」

別所の言う通りだった。彼に会うと決めた緋色冴子は、この点をどう考えているのだろうか。聡は彼女に目をやった。

「あなたが実況見分者だったということは、現場でどこを捜索するかを指示するのはあなただったということですね」

緋色冴子は事件とあまり関係なさそうな質問をした。

「ええ、そうですが」

「ありがとうございました。うかがいたいことはそれだけです」

5

犯罪資料館に戻ると、聡は緋色冴子に「そろそろ推理を話していただけませんか」と言った。雪女は聡を館長室に招き入れた。聡がすかすかのソファに腰を下ろすと、緋色冴子は口を開いた。

「捜査書類を読んだわたしはまず、犯人が会おうとした人物について検討することにした。犯人は火をつけることで、その人物に会えると考えていたらしい。その候補から真っ先に外すことができるのは消防士だ」

「どうしてですか？　消防士こそ、火をつけることで会える相手の筆頭候補だと思いますが」

「消防士は、消防署、消防分署、出張所の規模にもよるが、一つの署で十名以上いる。そして、一回の出動で、一つの署の消防士全員が出動するわけではない。火事を起こしてある署の消防士を出動させても、目当ての消防士はたまたまその日、非番だった、あるいは別の火災現場に出動していたという可能性もある。だから、その署に目当ての消防士がいるかどうか確かめるためには、その署の管内で何度も火事を起こし、その署のすべての消防士を出動させる必要がある」

「……そう言われれば、そうですね」

「事件現場は、府中市小柳町、国分寺市戸倉、国立市富士見台、立川市砂川町、府中市分梅町、立川市柴崎町、国分寺市東元町、府中市栄町。調べてみると、すべて異なる消防署の管内だ。毎回、異なる消防署の管内で火事を起こしていたのでは、その署に目当ての消防士がいるかどうか、網羅的に調べることができない。とすれば、犯人が会いたかった相手は消防士ではないと考えられる」

「なるほど……。では、消防士ではないとすれば、火災調査担当職員、あるいは捜査一課火災犯捜査係の捜査員でしょうか」

「その説にも無理がある」

「どこがですか」

「会いたがっていた相手が現場に現れるまで放火を続けるというが、一連の事件は同一犯の犯行、同一の事件だと見なされている。その場合、現場に派遣される火災調査担当職員あるいは火災犯捜査係捜査員は同じだ。同一の事件に別の担当者を派遣するのは効率が悪いからな。つまり、いくら放火を続けたところで、別の相手が現場に現れるわけではないんだ。だから、一件ごとに別の火災調査担当職員あるいは火災犯捜査係捜査員を派遣させるには、一件一件の放火が別の事件であるように見せかける必要がある。そして、別の事件であるように見せかけるのは簡単だ。灯油を使うのが共通であるのは避けられないにしても、放火する対象を木造住宅に限るのではなく、いろいろ変えればいい。ところが、犯人はそうしていない。木造住宅、それも一九六五年八月に建てられた木造住宅のみを放火対象としている。連続性を否定するようなことを何一つしていない。これでは放火を続けるだけ無駄だ。とすれば、犯人が会おうとした相手は、火災調査担当職員でも火災犯捜査係捜査員でもないことになる」

「……ですが、消防士でも火災調査担当職員でも火災犯捜査係捜査員でもないとすれば、犯人が火をつけて会おうとした相手はいったい誰なんです？」

「先ほど述べたように、犯人は各放火事件の連続性を否定しようとしていない。あくまでも、一九六五年八月に建てられた、東京都下西部の木造住宅という特定の対象にこだわっている。

特定の家を全焼させることが目的。一方で、火事によって現れる誰かに会うことも目的。犯人の目的は一見、分裂しているように見える。そこで、分裂しているように見える目的を統合してみると、こう考えられる――犯人の目的は、特定の家を全焼させることで現れる誰かに会うことだった」

「――特定の家を全焼させることで現れる誰かに会うこと？」

　聡は、緋色冴子の推理がどこに向かおうとしているのかさっぱりわからなかった。

「ここでもう一点、犯人の不可解な行動を取り上げよう。犯人は毎回、放火する家の住人に電話をかけて避難させている。犯人はなぜ、こんなことをしたのだろうか。人命を尊重していたからだろうか。しかし、家を全焼させれば、それだけ人死にが出る可能性は高くなる。だから、犯人は決して人命を尊重していたわけではない。では、もし犯人が電話をかけて住人を避難させなかったら何が起きていただろうか」

「……死者が出ていたでしょう」

　聡は、我ながら当たり前のことを言っていると思いながら答えた。

「そう、死者が出ていただろう。犯人は人命尊重の観点から死者が出るのを嫌ったわけではないから、純粋に、焼け跡に死体が存在するのを嫌がったのだと考えられる」

「なぜ、焼け跡に死体が存在するのを嫌がったんでしょうか」

「そのことを、犯人の目的は特定の家を全焼させることで現れる誰かに会うことだったという先ほどの結論と合わせてみよう。現れる『誰か』の正体が浮かび上がる」

　聡は、緋色冴子が導き出そうとしている結論をおぼろげに理解し始めた。

「焼け跡に死体が存在するのを嫌がったのは、現れる『誰か』と紛らわしくなるからだ」

そして、雪女は低い声で言った。

「犯人が会おうとした相手は、火災現場に埋められていた死者だったんだ」

＊

「……埋められていた死者？」

聡はわけもなく総毛立つのを感じた。

「放火された家の床下に、死体が隠されていたと考えてみよう。犯人はその死体を見つけたかった。だが、家があったままでは、死体を探すことができない。そこで、邪魔な家を燃やして、死体を探しやすくしようと考えたんだ。灯油をくまなく撒いて家を全焼させたのは、死体を隠している建物部分をすべて取り除くためだ」

「では、家の住人に電話をかけて避難させたのは……」

「焼け跡に住人の焼死体があったら、床下に隠されていた死体と紛らわしくなるからだ。もちろん死体を詳しく調べれば、焼死体なのか隠されていた死体なのか区別できるが、鎮火直後の実況見分段階では区別しにくい。犯人はそれを嫌って、住人を避難させたのだろう」

「しかし、放火という手段は極端すぎやしませんか」

「被害者たちの話では、事件前にリフォーム業者やシロアリ駆除業者から宣伝の電話があったという。おそらく犯人がそうした業者を騙って、家の床下を調べようとしたのだろう。しかし断られたので、やむなく放火という手段に訴えることにした」

緋色冴子がした奇妙な質問の意味を、聡はようやく理解した。

「放火が連続したということは、犯人が床下に死体が隠されていると考えた家は複数あったということですか」

「そうだ。犯人は、建築中の家の床下に死体が隠されたと知った。その家が完成したのは一九六五年八月。だが、該当する家は複数あった。そしてどの家でもリフォームやシロアリ駆除を断られたのだろう。そこで、一軒一軒、虱潰しに火をつけていったんだ」

「では、『もう五件目なのに、またあの人に会えなかった』という犯人の言葉は……」

「五件目の焼け跡でも死体が見つからなかったことを指していた」

「放火は八件で止まりましたね。犯人が目的を達したということですか」

「ああ」

「放火の焼け跡から死体が見つかった事件はありませんでしたが……」

そこで聡ははっとした。

「……もしかして、一九九〇年十一月二十八日に日野市の解体された一軒家の床下から女性の他殺死体が見つかった事件ですか」

緋色冴子はうなずいた。

「あの家は、犯人が放火しようとしていた家の候補に入っていたのだろう。放火する前にあの家が取り壊され、探していた死体が見つかったので、犯人はもう放火をする必要がなくなったんだ。——犯人の目的はわかった。ここから、犯人の正体を絞り込むことができる」

6

玄関のドアを開けると、一週間前に会った警視庁付属犯罪資料館の二人が立っていた。氷のように冷ややかな美貌の年齢不詳の女と、三十歳前後の長身の男だ。確か、緋色冴子と寺田聡といっただろうか。

「お休みのところ申し訳ありません。うかがいたいことがあって、ご自宅にお邪魔しました。今、お時間よろしいでしょうか」

寺田聡が言った。どうぞ、と言って二人を部屋に上げた。

「で、訊きたいことというのは?」

緋色冴子がこちらをじっと見つめた。ほとんど瞬きしない大きな瞳に、こちらの思いを見透かされているような気がする。彼女は低い声で言った。

「あなたが犯人だったのですね」

「……馬鹿なことを言わないでください」

茫然とした顔を作り、次いで語気を荒げてみせた。だが、それは自分でもわかるほど説得力がなかった。一週間前、二人が訪ねてきたときから、こうなることはわかっていた気がした。

緋色冴子は無感動な声で続けた。

「わたしたちは、放火の目的が、家を全焼させて床下に隠された死体を見つけることだと突き止めました。とすれば、犯人の正体は自ずと絞り込まれます。焼け跡に埋められた死体を一番探しやすい立場にあるのは、消火活動を行う消防士ではなく、鎮火後に焼け跡を実況見分する消防局の火災調査担当職員や捜査一課の火災犯捜査係捜査員です。彼らの中に犯人がいる可能性が高いと考えていい」

顔がゆがみそうになるのを、必死でこらえた。

「では、彼らの中の誰なのか。犯人は交野沙知絵という女性を殺害した。彼女と一緒にテレビでニュースを観ているとき、焼け跡の映像を見て『もう五件目なのに、またあの人に会えなかった』と呟いたのを彼女に聞かれ、警察に通報されたからです。通報時刻は十月一日の午後九時五十七分で、犯人は通報の途中に彼女を殺害した。このとき、捜査一課火災犯捜査係の捜査員たちは全員、捜査本部で会議の最中で、知らせを受けてただちに現場に向かいました。つまり、火災犯捜査係の捜査員たちは全員、アリバイがある。犯人は消防局の火災調査担当職員に絞られます。

捜査書類によると、連続放火事件の一件目から最後の八件目まですべての事件で実況見分を担当したのは、別所さん、あなたでした。そこで、わたしたちはあなたに会ってみることにした」

一週間前に第八消防方面本部を訪ねてきたとき、寺田聡は「永らくあなたに会っておらず、連絡を取っていなかった人物、あるいは、あなたに以前、ストーカーのように付きまとっていた人物に心当たりはありませんか」と言った。あれを聞いて、この二人もまた、かつての捜査本部と同じく間違った前提に立って捜査していると思い、密かに安堵したのだった。だが、あのときすでに自分に目星を付けていたのだとすれば、寺田聡のあの質問はこちらを油断させるための罠だったのかもしれない。

必死で反論した。

「すべての事件で実況見分を担当したからといって、私が犯人だとは限らないでしょう。実況見分は十名からなるチームで行った。ほかの九名もすべての事件で実況見分している」

「しかし、現場のリーダーだったあなたならば、実況見分で捜索する場所を事細かく指示することができます。死体が埋まっていそうな場所を重点的に捜索させられるということです。わたしたちはあなたに的を絞って、あなたの個人史を徹底的に調べました。そして、あなたが六歳のとき、お母さんが失踪していることを知った。あなたが探そうとしていたのはお母さんだったのではないですか」

そこまでわかっているのだったら、もはやあきらめるしかなかった。

ため息をつくと、そうです、と答えた。

大工だった父は、家では暴君だった。機嫌がいいときは小遣いをくれたりするが、機嫌が悪いときはものも言わずにいきなり殴りつけてくる。母も自分も毎日びくびくして暮らしていた。母は生傷が絶えなかった。息子を折檻しようとする父をなだめ、自分が身代わりになるからだった。

五月のある朝、目を覚ますと、母がいなくなっていた。父に聞くと、「出ていった」とぶっきらぼうな返事が返ってきた。他の男と手を取り合って出ていったのだと。

母が小学一年生の息子を捨ててそんなことをするとは信じられなかった。だが、どうすることもできなかった。

そのまま、父のもとでひたすら自分を押し殺して成長した。高校を卒業すると家を飛び出し、新聞販売店に住み込みで働きながら大学に通った。父のいる家には二度と帰らなかった。

一九九〇年の初頭、実家の隣人から、父が倒れたと知らせを受けた。やむなく実家に顔を出し、父に病院で検査を受けさせた。末期の膵臓癌だという。そのまま入院させた。

それから毎日、父を見舞った。それは父を思いやる気持ちからではなかった。暴君だった父が日に日に衰えていくのを見たいという復讐心からだった。

入院して一か月ほど経った日のことだ。病室で周囲に医師も看護師もいなくなったとき、父が告白したのだった。

「……聡子を殺した」

母を殺した？　聞き間違いかと思った。しかし父はもう一度言った。

「……聡子を殺して、家の床下に埋めた」

どこの家なんだ、と問うた。

「あの頃俺が建てていた家だ……棟上げが終わって、床板を張った翌日の早朝、聡子の死体を車で現場に運び、床下に運び込んだ……ブロックで囲み、モルタルで覆って臭いが漏れないようにした……」

どこの家なんだ、ともう一度問うた。だが、父は苦しそうに唸るだけで答えなかった。

やがて昏睡状態に陥り、そのまま二度と目覚めることなく息を引き取った。

優しかった母が、誰にも知られず朽ちていくのだと思うと耐えられなかった。遺体を探さなければならないと思った。

母が失踪したのは一九六五年五月だ。父が遺体を隠したのは、その頃着工中だった家だ。

父はその頃、どこの現場に通っていただろうか。子供時代の記憶を必死に探った。確か父は、大場建設という会社の仕事を請け負っていた。これだけでも候補をかなり絞ることができる。そして、母の姿を最後に見たのは五月六日。したがって、遺体を隠したのは翌七日以降だ。「棟上げが終わって、床板を張った翌日」と父は言っていた。棟上げから竣工までは約三か月かかるから、その家は八月頃に竣工したことになる。

大場建設は二十五年後も存在していた。消防方面本部の指導を装って大場建設を訪ね、一九六五年八月の記録を調べた。その結果、候補の家を十七軒に絞り込んだ。そのどれかの床下に、母が眠っているはずだった。だが、本当に床下に埋められているという確証はないので、警察に知らせることはできない。

リフォームやシロアリ駆除を口実にして床下に潜り込むことを考えた。だが、宣伝を装った電話をかけると、どの家でも断られてしまった。

いったいどうしたらよいだろう。不意に、悪魔的な考えが浮かんだ。候補の家に火をつけ、邪魔な建物を取り除いてしまえばいい。そうすれば、火災調査担当職員として焼け跡を実況見分する際に、母の遺体を見つけることができるだろう。とうてい許されない行為だが、母を見つけるためならどんなことでもするつもりだった。

大事なのは、最初に放火するタイミングだ。せっかく火事を起こしても、ほかの職員が実況見分者になったのでは意味がない。そこで、実況見分者になりうるほかの職員が休みの日の未明に火事を起こし、自分が担当できるようにした。二件目からは、一件目と同じ手口を採り、連続性を強調することで、一件目を担当した自分が二件目以降も担当できるようにした。そうして、候補の家に次々と火をつけていった。だが、どの焼け跡からも母の遺体は見つからなかった。

十月一日の夜のことだ。仕事を終えて、当時、付き合っていた交野沙知絵の部屋を訪ね、彼女が作ってくれた夕食を食べたあと、一緒にニュース番組を観ていた。そのとき、焼け跡の映像を見て、無意識のうちに「もう五件目なのに、またあの人に会えなかった」と呟いてしまった。それを沙知絵に聞かれた。彼女の部屋を出たあと、念のために戻ってみると、彼女が警察に通報していた。とっさに彼女を殺害した。

堕ちるところまで堕ちたと思った。しかしもう後戻りはできない。そのあとさらに三軒の家に放火した。だが、どの焼け跡からもやはり遺体は見つからなかった。

そして、十一月二十九日の朝刊で、衝撃的なニュースを目にした。前日二十八日、日野市の取り壊された一軒家の床下から、女性の他殺死体が見つかったという。推定年齢二十歳から四十歳で、死後二十年から三十年が経過――。

母に間違いなかった。

その一軒家は、放火の候補に入れていた家だった。しかし、日野市は自分のいる第八消防方面本部の管内ではないので、焼け跡の実況見分をすることはできないと思い、後回しにしていたのだ。

母が見つかったと知ったとき、深い安堵感とともに、圧倒的な後悔に襲われた。もう数か月待っていれば、放火をせずとも、交野沙知絵を殺さずとも済んだのだ。もう数か月待っていれば――。

気がつくと、緋色冴子と寺田聡に向かって憑かれたように喋り続けていた。二十四年間、心の中にため込んでいた罪悪感を吐き出していた。

逮捕してください、と言った。寺田聡は首を振り、九年前に時効が成立していますと答えた。しかし、警察であなたに話をしてもらう必要がある。一緒に来てくれますね。
うなずくと、立ち上がった。

死を十で割る

1

寺田聡は、おんぼろのワゴン車を犯罪資料館の駐車場に停めた。

ご苦労さん、と言って守衛の大塚慶次郎が出てくると、スライド式の門扉を閉めていく。七十歳を過ぎているので、聡はいつも手伝いたくなるのだが、そうすると大塚が気を悪くするので、黙って見ていることにしている。

「おや、館長のお出ましだ」

正面玄関の方を振り返った大塚が笑った。

大きな木製の扉を開いて、白衣を着たほっそりしたからだつきの女が現れたところだった。

人形のように冷たく整った年齢不詳の顔立ちに、肩まで伸ばした艶やかな黒髪。二重瞼の大きな瞳にはフレームレスの眼鏡をかけている。緋色冴子警視だ。もちろん聡を出迎えたわけではなく、ワゴン車の荷物に用があるのだった。

聡はワゴン車のスライドドアを開けると、折り畳み式のカートを降ろした。緋色冴子が足早に近づいてくる。

「赤羽署からバラバラ殺人事件の証拠品と捜査書類を受け取ってきました」

聡が言うと、雪女は無言でそっけなくうなずき、ワゴン車に積まれていた段ボール箱をカートに載せ始めた。機械のように無駄のない動きだ。載せ終えると、搬入用の通用口までカートを押していく。聡も段ボール箱を抱えてあとに続いた。館内に入り、一階の助手室に段ボール箱を運び込む。

二人で段ボール箱を開けると、ビニール袋に入った証拠品を次々に取り出し作業台に載せていった。

バラバラ死体の頭部と胴体が入っていたキャリーバッグが一個、それ以外の部位が入っていたボストンバッグが四個、死体の各部位を包んでいた半透明のポリ袋が十袋、死者の財布……。ポリ袋には乾いた血が付着している。凶器や切断に使われた刃物は未発見なのでない。

続いて、死体検案書や捜査報告書など、各種の捜査書類を載せていく。それを終えると、緋色冴子は赤羽署から受け取ったリストを見ながら、証拠品や捜査書類にもれがないことを確認した。

作業台に載った品々からは負のオーラが立ち昇っているようで、一般人なら間違いなく気分が悪くなっているだろう。聡もあまりいい気分ではなかった。以前いた捜査一課では、幸いにもというべきか、バラバラ殺人の捜査を担当したことは一度もない。

だが、雪女はまったく動揺の色を見せずに証拠品を見つめていた。現場経験がほとんどないキャリアだとは思えない。それどころか、いつもは青ざめて見えるほど白い肌が、心なしか紅潮しているようだ。

彼女は死体検案書を手に取った。大きな瞳が一点を見つめて動かなくなる。

「——やはりそうだったか」

紅い唇から呟きがもれた。そして聡に目を向けると、低い声で言った。

「この事件の再捜査を行う」

＊

寺田聡が、三鷹市にある警視庁付属犯罪資料館に異動してから一年三か月になる。

ここでの聡の主な仕事は三つあった。

第一は、所轄署に赴き、そこで保管されていた証拠品や捜査書類を受け取って持ち帰ること。今日、赤羽署から持ち帰ったのは、十五年前、一九九九年三月に起きたバラバラ殺人事件の証拠品や捜査書類だった。殺人事件の場合は、発生から十五年後に証拠品や捜査書類を犯罪資料館に収めると警視庁の内規で定められているのだ。この十五年という数字は、二〇〇四年の刑事訴訟法改正までは殺人事件の公訴時効が十五年だったことに由来するもので、殺人事件の公訴時効は二〇〇五年施行の改正で二十五年に延長され、さらに二〇一〇年の改正刑事訴訟法で廃止されるに至ったが、十五年後に収めるという内規はそのままになっている。

第二の仕事は、証拠品にQRコードを貼ること。犯罪資料館では、証拠品を効率的に管理するために、QRコードを貼り、スキャナを当てるとパソコンに基本情報が表示されるシステムを構築していた。QRコードの貼り付けは日付の新しい事件から始め、現在、ようやく一九九〇年七月までたどり着いている。遅々として進まないのは、館員が二人しかいないからだが、一定期間を経た事件の証拠品が次々と持ち込まれ、そちらにもすぐQRコードを貼らなければならないからでもある。

そして第三の仕事が、館長に指示されての再捜査。聡はこれまでに七件の未解決事件あるいは被疑者死亡で終結していた事件を、緋色冴子の指示で再捜査している。捜査一課から放り出されようとしていた聡が犯罪資料館に異動したのは、緋色冴子が手を回したためらしい。彼女はお世辞にもコミュニケーション能力があるとは言えず、訊き込みには不向きなので、手足となってくれる助手を必要としていたのだ。

「――再捜査ですか。了解しました。やはりそうだったか、とおっしゃいましたが、すでに何か疑っておられたんですか」

「ああ」

「捜査書類は当然まだ読まれていませんから、CCRSの事件情報から疑いを抱かれたんですね」

そうだ、と彼女はうなずいた。

CCRSは、戦後、警視庁の管内で起きたすべての刑事事件が登録されたデータベースである。緋色冴子も聡も、証拠品や捜査書類を受け取る前に、その事件についての情報をＣＣＲＳで読むことにしている。

「どんな疑いを抱かれたんですか」

雪女は答えなかった。極端な秘密主義なのだ。こちらを見向きもせず、冷たい横顔を見せたままだ。

「わたしは今日中に捜査書類を読むから、君は明日中に読んでくれ。明後日からは再捜査に動いてもらう」

それだけ言うと、捜査書類を持って館長室に消えた。やれやれ、と聡はため息をついた。

＊

聡は、ＣＣＲＳに登録された事件情報をもう一度読むことにした。これは概略的なものであり、それほど詳しくはない。聡も赤羽署に行く前に目を通したが、特に疑問を抱く点はなかったように思う。だが、緋色冴子がそこに何らかの疑問点を見出したならば、元捜査一課員のプライドにかけて、聡も見つけなければならない。

助手室のパソコンからＣＣＲＳにアクセスする。

事件の名称は、「赤羽荒川河川敷バラバラ殺人事件」。

一九九九年三月二十三日火曜日の朝八時過ぎ、荒川の赤羽北一丁目の河川敷で、犬を連れて散歩をしていた老人が、キャリーバッグ一個とボストンバッグ四個が捨てられているのを発見した。犬がそちらに激しく吠えるので、老人が恐る恐る近づいたところ、異臭を嗅ぎ取り、慌てて一一〇番通報した。

　駆けつけた赤羽署の捜査員がキャリーバッグとボストンバッグを開けると、バラバラにされた人体の合計十個の部位が見つかった。キャリーバッグには頭部と胴体が、四個のボストンバッグにはそれぞれ、右上腕部と右前腕部の組み合わせ、左上腕部と左前腕部の組み合わせ、右上腿部と右下腿部の組み合わせ、左上腿部と左下腿部の組み合わせが入っていた。上腕部とは肩から肘まで、前腕部とは肘から指先までの部位だ。いずれもゴミ袋用の四十五リットルの半透明ポリ袋に入れられていた。頭部および他の部位の形状から、男性のものであることは間違いなかった。

　死者の衣服や靴は見当たらなかったが、身元はすぐに判明した。キャリーバッグの中からは財布も見つかり、そこにクレジットカードが入っていたのだ。名義は細田俊之。この人物が死者である可能性が高かった。捜査員はクレジットカード会社に連絡し、細田の勤務先が日央商事だと聞くと、そちらを訪ねた。そこで見せられた細田の顔写真は、死者のものに間違いなかった。

　細田俊之は四十歳で、妻の織江と千葉県船橋市南本町のマンションに住んでいた。奇しくも、織江は前日二十二日の午前十時半頃、ＪＲ総武線船橋駅でホームに進入してきた電車に飛び込み重傷を負い、運ばれた先の病院で緊急手術を受けたものの、その日のうちに死亡していた。警察や病院は細田に連絡を取ろうとしたものの所在がつかめなかった。この日は月曜日だったが、細田は有休を取って会社を休んでおり、自宅にもおらず、携帯電話も所有していなかったので連絡が取れなかったのだ。そんなとき、細田の死体が発見されたのだった。

細田の死亡推定時刻は二十二日の午前十時から正午のあいだ。死因は、後頭部に直径一、二ミリの鋭く尖った円形状のものを突き立てられたことによる延髄損傷。凶器は、千枚通しかアイスピックのようなものだと思われるが、遺棄現場からは発見されなかった。

DNA型鑑定の結果、十個の部位はすべて、同一人物のものであることが確認された。頭部と胴体、胴体と左右上腕部、左右上腕部と左右前腕部、胴体と左右上腿部、左右上腿部と左右下腿部は、それぞれをつなぐ関節で切断されていた。切断面には生活反応が認められなかったので、死後に切断したことになる。切断面から判断して、切断には鋸や包丁が用いられたと思われるが、それらも遺棄現場からは発見されなかった。

生前の細田が最後に目撃されたのは、二十二日の朝九時過ぎ。マンションの自室から廊下に出たところで、隣室の住人がたまたま顔を合わせたのだ。だが、どこに向かったかはわからなかった。隣室の住人は細田と特に親しかったわけではなく、このときも軽く挨拶を交わしただけだった。

犯人は二十二日の夜から二十三日の未明の時間帯に車で河川敷まで死体を運んできた

と思われるが、付近の住民に尋ねても、不審な車や人物の目撃証言はまったく得られなかった。

聡は首をひねった。CRSに登録されている情報はこれだけだ。この情報のいったいどこに、緋色冴子は疑問を抱いたというのか？

2

翌日朝、出勤すると、聡はいつものように清掃員の中川貴美子に出くわした。

「寺田君、おはよう」

「おはようございます」

「ドリアン味の飴ちゃん持ってるんやけど、食べる？」

腰に付けたポシェットから飴を取り出してきた。

「いえ、結構です」

聡は慌てて手を振った。おいしいのになあ、と中川貴美子は残念そうな顔をする。

「寺田君は今、どんな事件の証拠品にQRコードを貼ってるん？」

「十五年前に赤羽の荒川河川敷で発見されたバラバラ殺人事件です」

彼女は一瞬、記憶を探るように目を閉じると、すぐに「ああ、あの事件」と言った。ことセンセーショナルな事件に関しては、抜群の記憶力を誇るのだ。

「殺された男の人、なかなかのイケメンやったから、よう憶えとる。あたしな、犯人は絶対に女や思うとるねん。殺された人の愛人やな。痴情のもつれっちゅうやつ。女の方は男に浮気されて、かっとして殺してしもうたんやな。もし再捜査することがあったら、あたしの意見も憶えといてな」

「憶えておきます」

「寺田君も二枚目やから、あんまり女を泣かせてバラバラにされんよう気ぃ付けるんやで」

気を付けます、と言って助手室に入った。

机の上に捜査書類が置いてあった。緋色冴子は昨日のうちに読み終えたらしい。

隣の館長室に入り、緋色冴子に挨拶した。雪女は読んでいる書類から目も上げなかった。慣れているので気にもならない。今日中に捜査書類を読み終えます、と言って助手室に戻った。

まずは死体検案書を手に取る。

当然だが、「死亡したとき」の欄と「死亡の原因」の欄はCCRSの事件情報にあったものと同じだった。「死亡したところ」の欄は空白だ。そして、「その他特に付言すべきことがら」の欄に、二点、記載があった。

第一は、凶器の突き刺さった角度。後頭部に対してほとんど垂直に突き刺さっており、上下左右ともにぶれはほぼ零度とある。

第二は、切断箇所が何度も切り付けられていた点。一回で切断することができなかったので、犯人はあまり力のない人物の可能性あり、と記されている。あまり力のない人物——女性だろうか。

次に、捜査報告書に目を通した。

一冊目の冒頭に現場実況見分図が挟み込まれている。現場付近の河川敷の図が描かれ、キャリーバッグ一個とボストンバッグ四個が遺棄されていた場所が示されている。河川敷の歩道のすぐ横、二メートルほど離れた位置に、計五個のバッグがまとめて置かれていた。

続いて事件の概要。ここはＣＣＲＳの記載と同じだ。そのあと、捜査の過程が詳しく記載されている。

最初に容疑者と目された人物が誰かを知って、聡は驚いた。何と、すでに死亡していた織江なのだ。

織江は二十二日の午前十時半頃、自宅最寄りのＪＲ総武線船橋駅でホームに進入してきた電車に飛び込み、両脚切断の重傷を負った。周囲の乗客の目撃証言から、自殺を図ったことは間違いない。ただちに近くの新福会(しんふくかい)病院に搬送されて緊急手術を受けたが、その甲斐もなくその日の午後十一時五十分に死亡している。

細田の死亡推定時刻は二十二日の午前十時から正午のあいだなので、時間的には織江にも犯行は可能だった。織江は細田を殺害し、その後、罪悪感に駆られて船橋駅で飛び込み自殺をしたとも考えられる。ただ、織江には死体をバラバラにして荒川河川敷に遺棄する時間はなかったので、そちらは共犯者が担当したことになる。

織江が容疑者として目されたのは、夫を殺害する動機があったからだった。織江のからだには殴打の跡がいくつもあり、細田に日常的に暴力を振るわれていたことは間違いなかった。そして、離婚したがっていたものの、細田が頑として応じていなかったことも、織江の父親や女友達の証言でわかった。離婚に応じてくれない細田を織江は殺害することにしたのかもしれない。あるいは、暴力を振るわれた際に自分の身を守ろうとして、はずみで殺してしまった可能性も考えられる。

だが、捜査の結果、織江にはアリバイが成立した。午前九時過ぎから十時過ぎまで、船橋駅近くの喫茶店で過ごしていたことがわかったのだ。そこは織江の行きつけの店で、店員は彼女のことを知っていた。もともと物静かな客だったが、いつもより沈んで見えたので、店員は気にかかっていたという。おそらくそのときすでに織江は自殺の決意を固めており、実行する前にお気に入りの喫茶店で最後の時間を過ごしていたのだろう。

続いて容疑者として浮上したのは、織江の父親である八木沢伸造(やぎさわしんぞう)だった。八木沢は娘から、夫に暴力を振るわれていることや離婚に応じてくれないことを聞いていた。娘可愛さのあまり、細田を殺害した可能性もある。

八木沢は、午前十時五十分頃、警察から、織江が飛び込み自殺を図ったとの一報を受け、病院に駆けつけたが、それまでは市川市の自宅にいたという。八木沢は二十五年前に妻を亡くし、娘も結婚して家を出たので、一人暮らしをしており、アリバイを証明してくれる者はいない。午前十時から十時五十分頃までの時間帯ならば、細田を殺害することが可能だったのだ。また、その後、自宅に戻って死体をバラバラにすることも可能だったし、車を持っているので、荒川の河川敷に遺棄しに行くことも可能だった。

八木沢は織江の飛び込み自殺の知らせを聞いたあと、細田に連絡するために、彼の勤め先や自宅、友人などあちこちに電話をかけていたという。しかしそれは、自分が犯人であることを隠すためのポーズだったのかもしれない。

だが、八木沢の犯行を裏付ける証拠は何も見つからなかった。捜査本部は八木沢を本命と見なしつつも、捜査対象を広げていった。

細田は陽気な性格で、友人も男女を問わず多かった。その一人一人が調べられたが、細田を殺害したいほど憎んでいる者は見当たらなかった。

その後、細田の交友関係を調べていく中で、意外な事実が浮かび上がった。織江の緊急手術の際に麻酔を担当した秋川めぐみという女性医師が、細田の不倫相手だったのだ。捜査本部は彼女を新たな容疑者と見なした。秋川めぐみは、細田が妻のもとに戻ろうとしたので、彼を殺害したのではないか。

彼女は事件当日、非番で江東区の自宅にいた。ところが、当番の麻酔医が盲腸になったため、急遽出勤することになったのだ。彼女が病院に向かったのは午前十一時過ぎ。細田の死亡推定時刻は午前十時から正午のあいだだから、秋川めぐみにも犯行は可能だった。彼女は医師だから人体の構造には詳しいし、死体を切断することに対する生理的な忌避感も一般人よりは少ないだろう。それに、車を持っている。だが、彼女を犯人だとする証拠もまた見つからなかった。

細田の車がなくなっているのが判明したが、この謎はすぐに解けた。細田は事件の二か月前、運転中に道路脇の並木に衝突し、車を大破させていたのだ。奇跡的に軽傷ですんだが、酒気帯び運転だったため、九十日の免許停止になっていた。

死体の各部位を入れていたキャリーバッグやボストンバッグはいずれも大量に出回っているもので、流通経路から購入者を特定することはできなかった。

数名の容疑者を見出しながらも、確たる証拠を見つけることができないまま、捜査は膠着(こうちゃく)状態に陥った――。

*

その日の午後五時過ぎ、ようやく捜査書類を読み終えた聡は、館長室に入った。

緋色冴子は、あいかわらず書類を読んでいた。疲れた様子はまったくない。まるで機械を見ているようだ。

「明日の再捜査の指示をいただけますか」

すると、緋色冴子は、「会ってもらいたい人物がいる」と言って、三人の人間の名前を挙げた。いずれも捜査報告書に名前が載っている人物だ。

「なぜ、その三人なんですか」

「この三人の中に犯人がいるからだ」

無造作に口にされた言葉に聡は仰天した。

「――なぜそう断言できるんですか」

「死体をバラバラにしたからだ。死体をバラバラにする理由があるのは、この三人だけだ」

緋色冴子が何を考えているのか、さっぱりわからない。

「ただ、今のところは一人に特定することができない。もう少し質問をする必要がある」

そして、さらに驚くべきことを口にした。

「明日の再捜査にはわたしも同行する」

聡は思わず「またですか」と言ってしまった。それから失言だったと悔やむ。だが、緋色冴子は特に気にした様子もなかった。

「実を言うと、どんな質問をしたらいいか、今回はまだ決まっていない。三人にじかに会えば決まるかもしれない。だから同行したいんだ」

わかりました、と聡はうなずいた。そして、昨日から気になっていたことを尋ねてみることにした。答えてくれるかどうかわからないが、駄目でもともとだ。

「昨日、館長は死体検案書に目を通して、『やはりそうだったか』とおっしゃいましたね。つまり、それ以前から、この事件に関して何らかの疑いを抱かれていた。それはCCRSの事件情報を読んで気がついたことですね」

「そうだ」

「私もCCRSの事件情報を読みましたが、館長が何に疑問を抱かれたのか、まったくわかりませんでした。いったい何に疑問を抱かれたんですか」

「わたしが抱いた疑問はこうだ——犯人は被害者の胴体を分割していないのに、腕と脚を分割しているのはなぜか？」

「どういうことですか」

「犯人は、細田の腕を上腕部と前腕部に、脚を上腿部と下腿部に分割している。一方で、胴体は分割していない。胴体を分割していないということは、犯人は胴体を分割せずに運べるだけの力があったということだ。そして当然、腕や脚の方が胴体より軽いのだから、胴体を分割せずに運べるだけの力があるならば、腕や脚も分割せずに運べたはずだ。それなのになぜ、腕や脚を分割したのか。死体を切断するにはかなりの時間と労力が必要だ。腕や脚を分割しないならば、切断箇所は四箇所も減り、それだけ時間と労力を減らせるのに」

聡ははっとした。言われてみればそのとおりだ。

「科警研が解決済みのバラバラ殺人事件を対象に行った研究では、日本におけるバラバラ殺人事件の九割以上で、運搬を容易にするためや証拠隠滅のために切断行為が行われている。だが、この事件での死体の分割の仕方は、運搬を容易にするためにしてはおかしい。別の目的のためだとしか考えられない」

「どんな目的のためだというんです？」

緋色冴子は答えなかった。またしても秘密主義だ。聡は自分で考えてみることにした。

警察庁の科学警察研究所の研究のことは、聡も聞いたことがある。それによれば、九割以上が運搬を容易にするためや証拠隠滅のため、残りが何らかの性的ファンタジーや激しい憎悪に基づいて切断行為が行われている。

だが、何らかの性的ファンタジーに基づく場合、性的な部位が切り取られるのが通例だが、今回の事件はそうではない。また、激しい憎悪による場合は、死体の損壊を伴うことが多いが、今回の事件では単に切断されているだけだ。憎悪のにおいが感じられない。

聡は、現実性を度外視して、推理小説にでも出てきそうな突飛な可能性を検討してみることにした。

死体の切断された部位にはもともと、犯人が消したい何らかの痕跡が残っていたとしたらどうか。たとえば注射痕だ。ちょうどその箇所で切断すれば、注射痕は消えることになる。注射は上腕部と前腕部の境目辺りにされることもあるから、上腕部と前腕部を切断したのは注射痕を消すという理由で説明できる。だが、それ以外の切断箇所——頭部と胴体の境目や肩や脚の付け根に注射痕があったとは考えられない。通常、そんなところに注射はしない。それとも、上腕部と前腕部以外の切断は、本来の目的を隠すためのカムフラージュだったのだろうか。だが、それにしては、切断の回数が多すぎる。

聡の脳裏には、さらに突飛な可能性が浮かんだ。

被害者は、指紋認証システムに指紋を登録しており、犯人はそのシステムに認識させるために被害者の指紋が必要だったのではないか。つまり、被害者の指紋が付いている手が必要だったのではないか。だから、左右の前腕部を切断した。左右とも切断したのは、右手と左手どちらの指紋で登録しているか、犯人にはわからなかったからだ。指紋認証システムは通例、両手の指紋を登録しておき、どちらか一方の手の指紋をシステムに認識させればよい仕組みだが、犯人はそのことを知らなかったのかもしれない。

だが、指紋が付いている手がほしいならば、手首で切断すればいいはずだ。前腕部より手首の方がコンパクトで持ち運びに適している。また、左右の前腕部以外の切断は、本来の目的を隠すためのカムフラージュだったことになるが、それにしては切断の回数が多すぎるという疑問がやはり生じる。

緋色冴子はいったい何を考えているのか？

3

最初に会いに行ったのは、市川市行徳に住む八木沢伸造だった。

近所のコインパーキングに犯罪資料館のワゴン車を停めると、聡と緋色冴子は八木沢の自宅まで歩いた。古くからの住宅地の一角に建つ、こぢんまりとした一軒家だった。建てられてからかなり経つのか、壁は薄汚れている。

玄関のブザーを鳴らすと、ややあってドアが開き、中肉中背の老人が姿を現した。髪は真っ白になり、顔には深い皺が刻まれている。今年で八十歳になるはずだが、それよりもさらに上に見えた。

警視庁付属犯罪資料館の者です、と聡が名乗ると、八木沢はしわがれた声で、どうぞお入りください、と言った。年齢を考慮しても、その声にはまるで生気が感じられなかった。十五年前に娘が亡くなったとき、彼の時間も止まってしまったのだろう。

玄関脇の六畳間に案内された。高齢の男性の一人暮らしにしてはきちんと片付けられている。

「ヘルパーさんが週に一度、来てくれるんです」

聡の思いを読み取ったのか、八木沢が言った。

聡と緋色冴子は、年季の入った座卓の前に正座した。八木沢がおぼつかない手付きで緑茶を淹れて勧めてくれる。聡は礼を言って湯呑みを手にした。緋色冴子の方は無言のまま、室内を見回している。頼むから変なことは言わないでくれよ、と思いつつ、聡は口火を切った。

「電話でも申し上げたように、私たちの警視庁付属犯罪資料館で保管している事件の捜査書類に不備がありまして、それを補うために何点か質問させていただければと思います。つらいことを思い出させて申し訳ありませんが、よろしくお願いいたします」

　はい、と八木沢はうなずき、覚悟を決めたように背筋を伸ばした。

「三月二十二日のことをお訊きします。午前十時五十分頃、織江さんが飛び込み自殺を図って病院に運ばれたとの連絡を受け、病院に駆けつけたんですね」

「……はい。織江は両脚を切断する重傷を負って、緊急手術を受けるとのことでした。私は病院から急いで細田の勤め先に電話したんですが、細田は今日は休みだと言われました。そこで、二人の自宅に電話したんですが、細田は出ません。細田は携帯電話を持っていなかったので、そちらに電話することもできない。それで、友達のところにでも行っているのかと思って、塚本和夫（つかもとかずお）君のところに連絡を入れました。塚本君は細田の高校時代からの友人なんですが、私とは将棋仲間で、親しくしていたんです。だけど、塚本君のところにも細田は来ていないという。途方に暮れました。私があまりに動揺していたのを心配した塚本君が病院に駆けつけてくれました。塚本君に、細田が行きそうな場所を聞いて、片っ端から電話してみましたが、やはり細田はつかまらない。そのあいだ、織江は緊急手術を受けていました。だけど、手術の甲斐もなく、午後十一時五十分に息を引き取った……」

「一つ訊きたいのですが」

　不意に緋色冴子が口を挟んだので、聡はぎょっとした。雪女は大きな瞳で八木沢をじっと見ている。

「あなたは、病院に駆けつけてから娘さんが息を引き取るまで、ずっと病院にいたのですか」

「もちろんです。娘が手術を受けているんですから、できるだけそばにいてやりたかった」

「息を引き取ったあとは?」

「医師の説明を聞いたり、死亡診断書を見せられたりしたあと、塚本君の車に乗せてもらって、午前一時頃、家に帰りました」

緋色冴子はうなずいて黙り込んだ。続けて質問する様子はない。仕方なく、聡はまた質問を続けた。

「翌日、細田さんの事件について知らされたんですね」

「はい。二十二日の晩も細田の居場所はわからず、私はやきもきしていた。そうしたら、翌二十三日の午後に、赤羽署から、細田が荒川の河川敷でバラバラ死体になって発見されたと知らせを受けたんです。細田がつかまらなかったわけがわかりました。娘の死に加えて細田が殺されたと知らされて、私は茫然として魂が抜けたようになってしまった。代わりに塚本君が葬儀社に連絡して、織江の二十四日の通夜と二十五日の告別式の手配をしてくれました。葬儀では、細田織江ではなく八木沢織江と呼ぶことにしました。それが、細田と離婚したがっていた娘へのせめてものはなむけだったんです」

「細田さんは娘さんに暴力を振るっていたそうですね」

「織江からは、離婚したいと言っても応じてくれないと何度も相談されました。私はそのたびに、夫婦なんだからもう少し我慢しなさい、いずれは俊之君も落ち着くだろうからと言ったんです。織江はいつも、もう少し我慢してみる、わたしにも悪いところがあるから、と言って帰っていった。だけど本当は、娘にあんなことを言うべきじゃなかったんです。織江はおとなしい子だったから、じっと耐えていたんでしょう。それなのに、父親の私は無責任なことを言うばかりで、少しも頼りにならなかった。妻が生きていれば少しは相談相手になったかもしれないが、妻は織江が十歳のときに癌で亡くなりました。織江は誰も頼る相手がいなくて、とうとう……」

八木沢は言葉を途切らせた。その目から涙がこぼれ落ちる。

「……実を言えば、細田と織江は私が引き合わせたようなものなんです」

「というと？」

「さっきも言った将棋仲間の塚本君が、中古車販売店を営んでいるんです。あるとき、私は織江を連れて、その店に車を買いに行った。たまたまそのとき、細田が店に遊びに来ていて、織江に一目惚れしたんです。私が気づかないうちに、細田は言葉巧みに織江に言い寄って、会う約束を取り付けていたらしい。細田は二枚目で話もうまいから、織江も悪い気はしなかったんでしょう。そうして付き合いが始まって、半年後には結婚していた。もしあの日、私が織江を連れて車を買いに行かなかったら、織江は今でも生きていたのに。毎日そう思って、自分の愚かさを責めているんです。妻は亡くなるとき、織江を頼みますと言い残した。それなのに私は……」

八木沢は絶句すると、むせび泣き始めた。他に訊くことはありますかという目を緋色冴子に向けると、彼女は首を振った。

ありがとうございます、と聡は言って立ち上がった。この老人は犯人でありうるだろうか。聡にはわからなかった。

4

続いて訪ねたのは、新福会病院に勤務する秋川めぐみだった。

新福会病院のウェブサイトを見ると、麻酔医として彼女の名前が載っていた。事件から十五年後の今も変わらず勤務しているようだ。病院に電話をかけて彼女を呼び出してもらい、用件を告げると、昼休み時間中に来てほしいと言われた。勤務先に来られることはまったく意に介していないようだ。

新福会病院は、JR船橋駅から北に一キロほど行ったところにある総合病院だった。マンションが多く並ぶ中に広大な敷地が広がり、そこに六階建ての白い建物が建っている。

ワゴン車を駐車場に停めると、聡と緋色冴子は正面玄関から中に入った。ロビーには長椅子が並べられ、外来患者たちが座っている。受付で名乗ると、すぐに本人が現れた。四十六歳のはずだが、そうは見えないほど若々しい。髪をショートカットにして、緋色冴子と同じフレームレスの眼鏡をかけていた。

「あなたたち、お昼ご飯は済ませた？」

「いえ、まだです」

「じゃあ、ここのカフェテリアに行かない？　とてもおいしいから」

カフェテリアは一階にあった。壁一面を切った窓から明るく光が射し込んでいる。秋川めぐみはハンバーグ定食を注文したが、聡と緋色冴子はコーヒーだけにした。さすがに容疑者と食事をするわけにはいかない。

女医は、いただきます、と言うと、旺盛な食欲で食べ始めた。

「それで、事件のことを訊きたいんですって？」

「はい。私たちの警視庁付属犯罪資料館では事件の証拠品や捜査書類を保管しているのですが、捜査書類に不備がありまして」

「どんな不備か知らないけれど、十五年も前の事件のことで二人も人手を割くの？」

「この事件はまだ時効が成立していませんし、不備を残しておくとのちのち問題が生じかねませんから」

聡は適当なことを言い、質問の口火を切った。

「被害者の細田俊之さんと交際しておられたんですね」

そうよ、と秋川めぐみは悪びれる様子もなくうなずいた。

「俊之さんとは行きつけのワインバーで知り合ったの。ルックスはいいし、話も面白いから、何となく付き合うようになってね」

「奥さんがいることはご存じなかったんですか」

「最初は知らなかったけれど、すぐに気づいた」

「それでも付き合い続けた？」

「警察はいつから風紀の取り締まりをするようになったの」

聡は苦笑した。

「事件が起きた時点でも付き合っておられたんですか」

「まあね。そろそろやめにしようかと考えていたけれど」

何ともあっけらかんとしている。もちろん芝居をしているのかもしれないが、細田を殺害してバラバラにするほどの激情があったと感じさせるものはなかった。

「事件当日のことについてお訊きします。三月二十二日の午前十一時過ぎ、細田織江さんの緊急手術に麻酔医として呼び出されたんですね」

「ええ。その日は非番だったんだけど、当番の麻酔医が盲腸になっちゃって、急いで呼び出されたの」

「麻酔をかける相手が細田さんの奥さんだとはご存じなかったんですね」

「もちろん。細田という名前であることは手術前に知ったけれど、まさか俊之さんの奥様だとは思わなかった」

そこで秋川めぐみは皮肉っぽい口調で言った。

「俊之さんの奥様だと知って、手術が失敗するようわたしがおかしな麻酔のかけ方をしたとでも？」

「いえ、別にそんなことは……」

「相手が誰であろうと全力を尽くすのは、医師として当然のことよ」

そのとき不意に、緋色冴子が口を挟んだ。

「当番の麻酔医が盲腸になって急遽呼び出されたということは、織江さんの手術のあとも、あなたはその日一日、麻酔医として働かれていたということですね」

女医は緋色冴子に興味深そうな目を向けた。

「ええ、そうよ」

「何時頃まで」

秋川めぐみは考え込んだ。

「十五年も前のことだからよく憶えていないけれど、いつも夜七時頃まで病院にいるから、その日も七時頃だったと思う」

「それは確かですか」

「ええ。いつもより遅くまでいたということはなかったと思う。非番なのに呼び出されて気を悪くしていたもの。さっさと帰ったはず」

「そのあとはまっすぐご自宅に戻ったのですか」

「まっすぐ戻ったわ」

「どうもありがとうございました」

不意に緋色冴子が立ち上がった。

「あら、もういいの？」

雪女は黙ってうなずくと、くるりと向きを変えて歩き始めた。聡は慌ててあとを追った。

変わった人ね、と秋川めぐみが呟くのが背後で聞こえた。まったく同感だった。いったいどういうことなのだ？

5

三番目に会ったのは、中古車販売業者の塚本和夫だった。八木沢が言っていた通り、細田の高校時代からの友人で、捜査本部は塚本のことも調べたものの、細田とのあいだに特にトラブルはなかったという結論に達している。八木沢の将棋仲間でもあり、八木沢が病院に駆けつけたときは、彼に付き添っていた。

〈塚本自動車〉は市川市大野町にあった。広い敷地に三十台ほどの車が並べられている。敷地の一角にプレハブの平屋があった。

平屋の中に入り、受付に警視庁付属犯罪資料館の者ですと名乗ると、すぐに応接室に通された。

「お待たせしました、塚本です」

そう言って入ってきたのは、ひょろりとしたからだつきの、見るからに非力そうな男だった。臆病そうな顔に大きな黒縁眼鏡をかけている。中古車販売業者と聞くと、海千山千の商売人を思い浮かべるが、塚本はそうしたイメージとはまったく異なっていた。緋色冴子にじっと見つめられ、塚本は猫を前にした鼠のように落ち着かない様子になった。

「あのう、捜査書類の不備を補うということでしたが、何をお訊きになりたいんでしょう？」

おどおどした声で言う。それは聡が訊きたかった。緋色冴子からは、「とりあえず、捜査報告書に載っていた事実の確認をしてくれ」と言われている。

「細田俊之さんは、高校時代からのお友達でいらっしゃったんですね」

「はい、三年間同じクラスで……。細田は運動神経抜群なのに私は運動音痴で、まったく正反対だったんですが、どういうわけかうまが合いまして。どちらも車好きだったからかもしれません」

「こちらのお店も、車好きが高じて開かれたんですか」

相手の気を楽にさせるために、少し逸れたことを訊く。

「いいえ、そういうわけじゃありません。父親から継いだものなんです。私は本当は商売は苦手なんですが、父親の代からの店なのでやむなくやっています」

「細田さんも車好きだと、よくこちらに来ていたでしょう」

「細田さんはよくここに遊びに来ては、展示されている車の運転席に座って楽しんでいらっしゃいましたよ」

ちょうどお茶を運んできてくれた従業員が笑いながら口を挟んだ。ふくよかな顔をした中年の女性だ。

「細田さんのことをご存じなんですか」

聡は彼女に尋ねた。

「ええ。とっても陽気な方で、あたしたちによく冗談を言って笑わせてくださいました。二枚目だし、スポーツ選手みたいな体型だし、うちの社長とは全然釣り合わない」

そう言って塚本を見て笑う。古株なのか、曲がりなりにも雇い主の塚本を前にしても遠慮がない。

「福西(ふくにし)さん、もういいから」

塚本は苦笑して従業員を追い払った。

「三月二十二日のことを話していただけますか。携帯に八木沢さんから電話があって、織江さんが飛び込み自殺を図ったので細田さんの居場所を知らないかと訊かれたそうですね」

塚本の顔が曇った。

「はい。あの日は月曜日で、店の定休日だったので自宅にいたんですが、午前十一時頃、八木沢さんから携帯電話に連絡をいただきまして、細田がそちらに来ていないかというんです」

「八木沢さんとは親しくされていたんですか」

「ええ、将棋仲間でして。八木沢さんは、細田に急いで連絡を取りたいんだが、会社にも自宅にもいない、と言いました。どうしたんですかと聞いたら、織江さんが電車に飛び込んだというんです。

八木沢さんがあまりに動揺されているので、心配になりました。心臓が悪いと聞いていましたし、娘さん以外に親族がいないそうなので、倒れたら誰も世話する人間がいないことになります。今、織江さんが運び込まれた病院にいるというので、そちらに向かうことにしました。

織江さんは手術中で、待合室で八木沢さんが祈るような表情で座っていました。細田にはあいかわらず連絡がつかないという。まさか、そのときにはもう殺されていたとは夢にも思いませんでした……。

結局、織江さんは助からず、その日の午後十一時五十分に息を引き取りました。八木沢さんの憔悴は見るも痛々しいほどでした」

緋色冴子が不意に口を挟んだ。

「あなたは病院に着いてから午後十一時五十分まで、ずっと八木沢さんのそばにいたのですか」

塚本はびくっとし、まぶしそうに彼女の方を見た。

「え、ええ。八木沢さんが倒れないかと心配でしたから。織江さんが息を引き取ったあと、八木沢さんは私に『どうもありがとう』と丁寧に頭を下げ、『もう帰ってください』と言いましたが、八木沢さんが心配だったので、一緒に医師の説明を聞いたり死亡診断書を確認したりしました。それから八木沢さんをおうちまで車で送って、自宅に戻りました。家に帰り着いたのは、二十三日の午前一時半を回っていましたね」

雪女はうなずくと、また黙り込んだ。仕方なく、聡は質問を続けた。

「二十三日に、細田さんの事件について知らされたんですね」

「はい。この店で仕事をしていたら、午後に八木沢さんから携帯に電話があって、細田の死体が見つかったというんです。しかも、バラバラにされていたと……。いったい何が起きたのか、理解できませんでした。しかしとにかく織江さんのお見送りだけはしっかりしてあげましょうと、八木沢さんを励まして葬儀の手配を手伝い、二十四日の通夜、二十五日の告別式にも参列しました。八木沢さんの意向で、織江さんは細田ではなく八木沢の姓で呼ばれていましたね……。そのときに八木沢さんに聞いて初めて知ったんですが、細田は織江さんに暴力を振るっていたそうなんです。織江さんは離婚したがっていたのに、細田はそれに応じなかった。八木沢さんは織江さんから相談を受けていたそうなんですが、夫婦の問題だと思って我慢しなさいと織江さんに言っていた。そのために織江さんは自殺を図った……。そう言って悔やんでいました。だから、離婚したがっていた織江さんの思いを汲んで、葬儀では八木沢の姓で呼びたいと」

数時間前に見た八木沢伸造の苦悩の表情が、聡の脳裏によみがえった。

「私はまさか細田が織江さんに暴力を振るっていたなんて夢にも思っていませんでした。二人はとても仲がよさそうに見えましたから……」

6

三鷹市の犯罪資料館に戻ったのは、午後四時過ぎのことだった。

「先ほどの質問は何だったんですか。そろそろ館長のお考えを聞かせていただけませんか」

聡は言った。緋色冴子の秘密主義にはいい加減うんざりさせられる。

わかった、と言うと、彼女は聡を館長室に招き入れた。聡はすかすかのソファに腰を下ろした。緋色冴子は個人的な安楽にはまったく関心を示さず、古ぼけたソファを取り換えようともしない。

緋色冴子は言った。

「犯人は死体の胴体を分割していないのに腕や脚を分割していた。この切断の仕方は、運搬を容易にするためにしてはおかしい、別の目的のためだというのはすでに話したな」

「はい」

「その目的は何なのか。わたしが考えたのは、犯人は、可動域の大きな関節で切断したかったというものだ」

「——可動域の大きな関節？」

聞き慣れない言葉にとまどう。

「関節とは、言うまでもなく、骨と骨が結合した部分のことだ。これは、動かない不動関節と動く可動関節とに大別できる。不動関節は、頭蓋骨を構成している骨など。可動関節は、人体を自由に動かすためのさまざまな関節だ。可動関節はさらに、頸椎関節、肩関節、肘関節、手関節、股関節、膝関節、足関節などのように可動域の大きな関節と、背骨を構成する椎体間関節や椎間関節のように可動域の小さな関節に分けられる。わかりやすく言えば、首、肩、肘、手指、股、膝、足首のように大きく動かす部位の関節は可動域が大きいが、背骨のようにさほど大きく動かさない部位の関節は可動域が小さい。そして、奇妙なことに、この可動域の大きな関節と可動域の小さな関節の区分は、死体の切断された箇所と、切断されてもよかったのに切断されなかった箇所の区分にぴたりと重なるんだ」

「——そうなんですか」

「切断部位をもう一度確認してみよう。頭部、胴体、左右上腕部、左右前腕部、左右上腿部、左右下腿部の計十個だ。

頭部と胴体のあいだには頸椎関節がある。胴体と左右上腕部のあいだには肩関節がある。左右上腕部と左右前腕部のあいだには肘関節がある。胴体と左右上腿部のあいだには股関節がある。左右上腿部と左右下腿部のあいだには膝関節がある。つまり、切断箇所はすべて、可動域の大きな関節だ。一方、切断されなかった胴体の関節は、背骨を構成する椎体間関節と椎間関節で、これは可動域の小さな関節だ。

こうして見ると、犯人は死体を、可動域の小さな関節でではなく、可動域の大きな関節で切断したかったのだと考えられる」

「そう言われてみれば、そうですが……。しかし、犯人はなぜ、そんなことをしたかったんですか」

「被害者がどんな姿勢を取っていたのか、わからなくするためだ」

「被害者がどんな姿勢を取っていたのか、わからなくするため……？」

「可動域の大きな関節は、大きく曲げたり伸ばしたりすることができ、特定の姿勢を取るのに大きく寄与する関節だ。逆に言えば、可動域の大きな関節で切断すれば、どんな姿勢を取っていたのかわからなくなる。おそらく、被害者は特殊な姿勢で死んだんだ。犯人は、被害者の死体がその姿勢を取り続けては困る理由があった。その姿勢のままだと、犯人がわかってしまう恐れがあったからだろう。そこで犯人は、被害者を可動域の大きな関節で切断した」

「しかしそれなら、殺害後、その姿勢をやめさせればいいだけでしょう。そちらの方がよほど簡単です。なぜそうしなかったんですか」

「被害者に死後硬直が生じたからだ」

「――死後硬直？」

「犯人は犯行後、何らかの事情で現場を離れなければならなかった。死体は特殊な姿勢のままだったが、その時点ではそのままにして何の問題も生じないと思っていたのだろう。さほど時間がかからずに戻って来られると思っていたのかもしれない。ところが、犯人は思いのほか長い時間、現場を離れざるを得ず、戻ってきたときには、死後硬直が生じて死体は特殊な姿勢のまま固まっていた。このままだと、特殊な姿勢から、犯人が特定されてしまう。かといって、犯人には、死後硬直が解けるのを待っているわけにはいかない事情もあった。

そこで、頸椎関節、肩関節、肘関節、股関節、膝関節という可動域の大きな関節で死体をバラバラにし、どのような姿勢を取っていたのかわからなくした。すると結果的に、死体は、頭部、胴体、右上腕部、右前腕部、左上腕部、左前腕部、右上腿部、右下腿部、左上腿部、左下腿部の計十個の部位に分割されることになる」

聡は絶句した。何という発想だろう。

「死後硬直説の裏付けになるのは、現場に被害者の衣服や靴が見当たらなかったということだ。被害者の財布はキャリーバッグの中に残しているのだから、衣服や靴も同様に残していいはずだ。そうしなかったのは、被害者をバラバラにする際、衣服が邪魔になるので脱がせなければならなかったが、死後硬直のために衣服をすんなりと脱がせることができず、ハサミかナイフで切り裂かなければならなかったからだ。切り裂かれた衣服は死後硬直を暗示するから、現場に捨てることはできない。衣服がなくて靴だけあるのはおかしいから、靴もやはり現場には捨てなかった」

「ああ、なるほど……」

「そして、赤羽署から受け取った死体検案書を読んで、被害者が取っている特殊な姿勢がわからないようにバラバラにしたという仮説が正しいことが裏付けられた。死体検案書には、切断箇所が何度も切り付けられていたとあったからだ」

「犯人の力が弱いことを示していると思ったんですが、違うんですか」

「通常、死体を切断するときは、死体は横たわった状態で、腕も脚も伸ばされている。だから、関節で切断するとき、骨に食い込む刃は、骨に対してほぼ九十度の角度になる。一方、特殊な姿勢を取っている死体を切断する場合、腕や脚は曲げられていると想定される。だから、関節で切断するとき、骨に食い込む刃は、骨に対してほぼ九十度の角度になることはない。もし司法解剖で骨に刃が入った角度まで詳しく調べられたら、死体の腕や脚が曲げられていたこと、つまり特殊な姿勢を取っていたことがばれてしまう。犯人が充分に頭の回る人物だったならば、そのような事態を想定して、何らかのカムフラージュをしていたはずだ。死体検案書には、切断箇所が何度も切り付けられていたと記されていた。これは、犯人の力が弱かったためではなく、骨に刃が入った角度をごまかすためだ。わたしはこれで、自分の仮説が正しかったことを確信した」

だから彼女は、死体検案書を読んで「再捜査を行う」と言ったのだ。

「再捜査を行うに当たって、わたしは犯人が満たすべき条件を三つ、導き出した。

第一の条件。犯人は犯行直後からしばらくのあいだ、現場を離れていた。そのあいだに死体に死後硬直が生じ、特殊な姿勢のまま固まってしまったわけだ。死後硬直は通常、死後二、三時間で内臓や顎や首から徐々に始まり、死後十二、三時間で全身に及ぶ。したがって、犯人は、犯行直後から十二時間以上あとまで現場を離れていなければならない事情があったことになる。離れていなかったら、死後硬直が始まったことに必ず気づいていたはずだ。そして、殺害したばかりの死体をそのままにして現場を離れなければならなかったのだから、よほど強制力のある事情だと思われる。

第二の条件。犯人は、死後硬直が解けて特殊な姿勢をやめさせられるようになるまで待てなかった。死後硬直は、死後四十八時間から六十時間で解け始め、死後七十二時間から九十六時間で完全に解ける。それぐらいは調べればすぐにわかるだろう。だが、犯人はそれだけの時間待つことすらできなかった。そして犯人は、死体をバラバラにするのではなく埋めてしまうという選択肢も取らなかった。埋めてしまえば、被害者が特殊な姿勢を取っていたこともわからなくなるし、バラバラにするよりは埋める方がまだしも生理的な忌避感は少ないだろう。にもかかわらず、犯人はバラバラにしている。ここからわかるのは、犯人は被害者の死を知らしめたかったということだ。埋めたら被害者は失踪したと見なされ、死んだとは思われないからな。つまり、犯人は犯行後、七十二時間から九十六時間経つ前に被害者が死んだことを知らしめたい事情があったということになる。

ちなみに、死体は河川敷の歩道のすぐ横に遺棄されていたので、朝、散歩する老人にすぐに発見された。キャリーバッグにはクレジットカードの入った財布も入れられており、このおかげで死体の身元がすぐに判明した。これらは、死体の発見や身元の特定をすみやかに行わせるために犯人が仕組んだことだ。これは、第二の条件の傍証となる。

第三の条件。犯人は、被害者が特殊な姿勢を取っていることを隠すために、死体をわざわざバラバラにした。ここからわかるのは、被害者の特殊な姿勢は、犯人と強く結びついているということだ。被害者がその姿勢を取っていたことがわかったら、犯人が誰なのかわかってしまうということだ。

わたしはまず、捜査報告書を読んで、事件関係者たちの中から、第一の条件によって容疑者を絞り込むことにした。つまり、犯行直後から十二時間以上あとまで現場を離れていなければならない事情があった者たちだ。ただし、捜査報告書には、細田の死亡推定時刻におけるアリバイしか記されておらず、十二時間以上あとまでどうしていたかは記されていない。だから、正確に言えば、犯行直後に現場を離れなければならない事情があった者たちを選び出すことにした」

「それが、八木沢伸造と秋川めぐみと塚本和夫ですね」
「そうだ。八木沢伸造は午前十時五十分頃に、娘の織江が飛び込み自殺を図ったとの連絡を受けて病院に駆けつけた。秋川めぐみは午前十一時過ぎに、織江の緊急手術で病院に呼び出されていた。塚本和夫は午前十一時頃に、八木沢から電話をもらい、八木沢があまりに動揺していたので心配になって、病院に駆けつけた。三人とも、細田の死亡推定時刻である午前十時から正午までのいずれかの時間に、それまでいた場所を急遽離れざるを得なくなっている。つまり、犯行直後に予期せぬかたちで現場を離れなければならない事情があった者たちだ。そして、この三人以外に、そうした事情があった者たちはいなかった。

この中から犯人を特定するには、第一の条件を完全に満たしているのは誰か、それに加えて第二と第三の条件も満たしているのは誰かを確認する必要がある。それらは捜査報告書からは読み取れないから、実際に三人に会ってみる必要があると判断した」

だから、緋色冴子はまたしても聡に同行したのだ。

「実際に会ってみた結果、第一の条件を完全に満たしているのは二人だけであることがわかった。八木沢と塚本だ。八木沢は、病院に駆けつけてから織江が息を引き取る午後十一時五十分までずっと病院を離れなかったという。塚本は、病院に着いてから織江が息を引き取るまでずっと八木沢のそばにいたという。しかもそのあと、一緒に医師の説明を聞いたり死亡診断書を確認したりした。塚本が八木沢を午前一時頃に自宅に送り届け、彼自身が自宅に着いたのは午前一時半を回っていたという。つまり、二人とも、細田の死亡推定時刻である午前十時から正午までのいずれかの時間から十二時間以上、自宅を離れていたんだ。一方、秋川は、午後七時頃まで病院で勤務して、そのあとまっすぐ自宅に戻ったという。つまり、十二時間以上、自宅を離れてはいない」

秋川めぐみへの訊き込みをすぐに終わらせたのはそういうわけだったのだ。

「次に、八木沢と塚本のどちらが第二と第三の条件も満たしているかが問題になる。君が三人に訊き込みするのを聞いているうちに、第二と第三の条件も満たしているのは塚本であることがわかった」

「塚本が？」

彼がなぜ、第二と第三の条件も満たしているのか理解できなかった。

「まず、第三の条件から見よう。細田が取った特殊な姿勢、犯人と強く結びついている姿勢とは、車を運転する姿勢——運転席に座り、両手を前方に伸ばしてステアリングを握った姿勢だ」

「——車を運転する姿勢？」

「そうだ。塚本の中古車販売店の従業員の話によれば、細田はよく、店に来ては、展示されている車の運転席に座って楽しんでいたという。そのときに殺害されたとしたらどうだろうか。

細田は後頭部に直径一、二ミリの鋭く尖った円形状のものを突き立てられ、延髄損傷で死亡した。そして、死体検案書によれば、凶器の突き刺さった角度は後頭部に対してほとんど垂直で、上下左右ともにぶれはほぼ零度だという。もし細田が運転席に、犯人が後部座席に座った状態で、犯人が細田の額に手を伸ばし、後ろに押し付けながら、運転席のヘッドレストとシート本体の隙間を通して千枚通しなりアイスピックなりを突き出したとしたらどうだろうか。この隙間を通せば、凶器はちょうど運転席の細田の延髄辺りに突き刺さる。そして、隙間を通すには、隙間に対して平行に凶器を差し込むのが一番いい。斜めに差し込んだら隙間の上下にぶつかって、突き出す力が衰える恐れがあるからだ。細田の後頭部はヘッドレストに対して平行になり、隙間に平行に凶器を差し込めば、凶器はヘッドレストとシート本体の隙間に対して垂直になっているから、隙間に平行に凶器を差し込めば、細田の後頭部にほとんど垂直に突き刺さり、上下左右ともにぶれはほぼ零度という状態になる。この角度も、細田が刺されたとき運転席に座った姿勢だったという推測を裏付ける」

「ああ、なるほど……」

「車を運転する姿勢は、椅子に座った姿勢ともソファに座った姿勢とも違う。椅子に座った姿勢よりは背中を後ろに傾け両脚を前に伸ばしている。背中の傾け具合はソファに座った姿勢に近いが、ステアリングを握るために両手を前方に伸ばしている点が違う。この姿勢で固まっている死体を見れば、車を運転する姿勢のまま殺されて死後硬直を起こしたのだとすぐにわかる。

あるいは、細田は後頭部を刺され、ステアリングを両手で握ったまま上半身を前に倒し、顔をステアリングに付けた姿勢で事切れて、そのまま死後硬直を起こしたのかもしれない。その姿勢は、両手が何か円盤状のものを握り、そこに顔を伏せているというものになるから、車を運転する姿勢から上半身を前に倒したものであることが一目瞭然だ。

細田の車は事故で廃車になっているので、細田の死体が車を運転する姿勢で発見されれば、細田の車以外の車の運転席で殺害されたとわかってしまう。細田は免許停止になっているので、レンタカーを借りることはできない。とすれば、細田がときどき乗らせてもらっていた塚本の中古車販売店の車の中で殺されたのだとわかり、塚本が犯人だとわかってしまう。だから、細田の死体をバラバラにして、どんな姿勢だったかわからなくしたんだ」

「確かに、塚本は第三の条件も満たしていますね……。しかし、第二の条件は？　塚本はなぜ、犯行後、七十二時間から九十六時間経つ前に細田の死を知らしめたかったんですか？」

「補助線を一本引くことで、それは理解できるようになる」

「補助線？　何ですか、それは」

「塚本が織江を密かに愛していたということだ」

「——密かに愛していた？」

「ああ。塚本は八木沢から、織江が飛び込み自殺を図ったので細田の居場所を知らないかと携帯で訊かれ、そのときの八木沢があまりに動揺していたので心配になって、病院に駆けつけたという。だが、塚本が病院に駆けつけたのは、八木沢が心配だったからというよりむしろ、織江の容態が心配でたまらなかったからではないか。塚本が密かに織江を愛していたからではないか。

八木沢の話では、細田と織江が初めて会ったのは、塚本の中古車販売店でだという。八木沢が織江を連れて、将棋仲間の塚本の店に車を買いに行ったところ、たまたま細田が店に遊びに来ていて、織江に一目惚れして言葉巧みに言い寄り、半年後には結婚していた、と。

細田が織江に一目惚れしたように、塚本も織江に想いを寄せていたとは考えられないだろうか。塚本と八木沢は将棋仲間だったのだから、織江のことを知ったのは細田より塚本の方が先だったはずだ。塚本にしてみれば、あとから来た細田に織江を取られたような思いだっただろう。塚本は友人のためと思ってあきらめたかもしれない。だが、何らかのきっかけで、細田が織江に暴力を振るい、しかも離婚してほしいという織江の願いに応じないことを知った」

聡は、事件が起きた一九九九年にはまだＤＶ防止法が存在しなかったことを思い出した。同法が施行されたのは二〇〇一年のことだ。

「織江は自殺を考えるようになったが、塚本は彼女の様子がおかしいことに漠然と気づいていたのかもしれない。このままでは死を選ぶかもしれない……塚本は焦った末、少しても早く織江を解放するために、細田を殺害した。だが、塚本は間に合わなかった。細田を殺したのとほぼ同時刻に、織江は自殺してしまったのだから」

「しかし、塚本が織江を密かに愛していたとして、なぜ、犯行後、七十二時間から九十六時間経つ前に細田の死を知らしめたかったんです？」

「織江の葬儀で、彼女を旧姓の八木沢で呼ぶためだ」

「え？」

「織江は離婚したがっていたから、彼女を旧姓の八木沢で呼んでやるのが、せめてもの手向けだと塚本は考えたのだろう。だが、いくら夫婦仲が悪くても、夫が存命である限りは、葬儀の場で旧姓で呼ばれるとは考えにくい。夫婦仲が悪かったから旧姓で呼んであげようというわけにはいかないからだ。だが、夫が死んでいたならば、旧姓で呼んであげようという提案も受け入れられやすくなる。そのためには、織江の葬儀の前に、細田の死を知らしめる必要があった。

織江は二十二日の午後十一時五十分に亡くなったから、二十四日に通夜が、二十五日に告別式が行われると想定するのが妥当だ。一方、細田は二十二日の午前十時台に殺害された。死後硬直が完全に解けるのは、それからおよそ七十二時間から九十六時間後の二十五日午前十時台から二十六日午前十時台だ。それまで待ってから死体を警察に発見させたら、さらに数時間のロスが生じる。これでは織江の葬儀にとうてい間に合わない。

もちろん、二十五日午前十時台から二十六日午前十時台というのは、死後硬直が完全に解けると予想される時刻であって、からだの大半は、それより早く硬直が解けているだろう。だが、どの部位が、どれだけ早く硬直が解けるのかはわからない。死後硬直が解けるのを待って死体を発見させる――細田の死を知らしめるという選択肢を取ることは、塚本にはできなかった」

だから、死体をバラバラにしてどのような姿勢を取っていたのかわからなくしたうえで、織江の葬儀の前に発見させたのだ。

「それでは、塚本の犯行を再構成してみよう。塚本は痩せており体力がないから、細田を殺害するには不意を衝くしかないと考えていた。考えた末に、運転席に座った細田の後頭部を凶器で突くことにした。運転席に座った細田は油断している。背後にいても、後部座席なので怪しまれない。それに、運転席に座れば頭部はあまり動かさないので、後ろから凶器を刺しやすい。

しかも、殺害後に死体を遺棄する場合、死体を車に乗せることが必要になるが、運転席で殺害すれば、運転席からトランクルームまたは後部座席へ、ほんの数メートル移動させるだけですむ。このように、車の運転席は塚本にとって理想の犯行現場だ。

犯行当日の二十二日の午前十時台、塚本は細田を自分の店に呼び寄せた。従業員に目撃されては困るので、定休日である月曜日のこの日を選んだ。細田には、車を好きに運転させてやるけど、免許停止になっているお前に運転させるのは従業員の手前まずいから、定休日の月曜日に会社の有休を取って来いよ、とでも言ったのだろう。

塚本は細田の好む車の運転席に細田を座らせ、自分もあれこれ説明するふりをして後部座席に乗り込んだ。そして、細田が運転席の座り心地に夢中になっているときに犯行に及んだ。

ここまでは計画通りに進んだ。このあと、塚本は死体をトランクルームか後部座席に移動させて、遺棄しに行くつもりだった。だが、ここで思わぬ出来事が起きた。午前十一時頃、八木沢が携帯に電話をかけてきて、織江が飛び込み自殺を図ったが細田の居場所を知らないかというんだ」

そのとき、細田は死体となって塚本の目の前にいた。塚本はどれほどぞっとしたことだろう。

「織江は塚本にとって、細田を殺害する理由となるほど大切な存在だ。塚本は動転し、急いで病院に向かうことにした。死体はそのままにしていった。戻ったら車で遺棄しに行くつもりだから、わざわざ車から出して別の場所に隠す必要はないし、今日は店の定休日で従業員も客もおらず、車の中をのぞき込む者はいないから大丈夫だと思ったのだろう。それに、さほど経たずに戻って来られると思ったのかもしれない。

だが、織江は重体で、塚本は病院からすぐに戻ることができなかった。午後十一時五十分に織江が息を引き取った。塚本はそのあとも八木沢に付き添い、二十三日午前一時頃に自宅に送り届けた。ようやく現場に戻ってきたときには、細田の死体は死後硬直を起こして、車を運転する姿勢で固まっていた。

この姿勢のまま死体を遺棄するわけにはいかないことに塚本は気がついた。警察がちょっと調べれば、細田がときどき塚本の中古車販売店に来て車に乗せてもらっていたことはすぐにわかるだろう。従業員が見ているのだから、隠すことはできない。警察は、細田が殺されたのが塚本の店の車の運転席だと見破り、塚本を犯人だと特定するに違いない。

では、死後硬直が解けるまで待ったらどうか。塚本は初めそう考え、解けるのにどれぐらいかかるか調べたに違いない。そして、死後硬直は、死後四十八時間から六十時間で解け始め、死後七十二時間から九十六時間で完全に解けると知った。これを知って、塚本は絶望的な気持ちになったことだろう。

葬儀で織江が細田の姓で呼ばれないためには、織江の葬儀の前に細田の死を知らしめなければならない。だが、死後硬直が完全に解けてから死体を発見させたら、葬儀にはとうてい間に合わない。考えた末に、塚本は細田の死体をバラバラにして、どのような姿勢を取っていたのかわからなくしたうえで発見させることにした。

塚本は細田の死体を運転席からトランクルームか後部座席に移動させると、車を運転して自宅に戻った。浴室で衣服を切り裂いてはぎ取り、死体をバラバラにし、荒川の河川敷に遺棄した。こうすれば、死体をバラバラにしたのが、運搬を容易にするためだと誤認され、解体の真の理由がカムフラージュされるだろうと考えてのことだ。その際、死体の身元がすぐに突き止められるよう、クレジットカードの入った財布をキャリーバッグに一緒に入れておいた。

細田の死体は二十三日の朝に発見され、クレジットカードからすぐに身元が特定された。八木沢は娘の死に加えて娘婿が殺されたことを知らされ、茫然自失の状態になり、塚本が通夜や葬儀の手配をすることになった。そのとき塚本は八木沢に、葬儀で織江を細田ではなく八木沢の姓で呼んではどうかと提案したに違いない。八木沢も塚本も、織江を八木沢の姓で呼ぶのは八木沢の意向だったかのように話していたが、八木沢が茫然自失の状態だった以上、本当は塚本の意向だったと考えるのが妥当だ。こうして塚本は、密かに愛していた女を、たとえ姓の上だけにせよ、細田から解放した」

それは、愛と呼ぶにはあまりに異常な行為だった。しかし、それは確かに愛の行為なのだろう。

塚本の姿を思い浮かべた。彼にとっては聡は昼間見た、風采の上がらない

「塚本を逮捕することはできるでしょうか？」

「捜査一課に情報を提供するつもりだが、難しいかもしれないな。犯行現場となった車の運転席には微量の血液が付着していたかもしれないが、車はとうに処分されているだろう」

殺人を犯してから塚本が生きてきた十五年を聡は思った。友人を殺したことを後悔したことはないのだろうか。自分のやった行為は、密かに愛していた女のために本当になったのかと疑ったことはないのだろうか。すべては自己満足に過ぎなかったと悟ったこ

とはないのだろうか。

しかしそれは、警察官の問うことではなかった。

孤独な容疑者

1

その日の朝、私はいつものように七時に目を覚ました。

仏壇を置いたリビングに行くと、沙耶（さや）の遺影に手を合わせる。まだ二十代だった頃の沙耶は、写真の中から私に笑いかけていた。その笑顔を見ていると、明るい笑い声が耳元で蘇るような気がした。

洗面所に行き、顔を洗う。最近、白いものが混じるようになった口ひげとあごひげを剃刀（かみそり）とシェービングクリームで手入れする。二年前に生やし始めたときは妙な感じがしたものだが、今は口ひげとあごひげがないと落ち着かない。

眼鏡をかけ、玄関ドアを開けて廊下に出た。

雨が静かに降っていた。曇天から、細かな水滴が無数に降り注いでいる。眼下の街並みも、はるか遠くの横浜港も、雨に煙っていた。関東地方が梅雨入りしたと昨日ニュースで報じられていたのを私は思い出した。

エレベーターで一階のロビーに降りた。郵便ポストの新聞を手に取り、エレベーターに乗ろうとしたとき、開いた扉から中田英子（なかたえいこ）が出てきた。隣の七〇八号室に住む六十代の女性だ。おはようございます、と挨拶を交わす。

「久保寺(くぼでら)さんは、明日の句会には参加されますか？」

中田英子が尋ねてきた。はい、と私はうなずいた。

「久保寺さん、最近めきめき上達されていますね」

彼女はそう言い、それから恥ずかしそうに笑いながら、

「すみません、偉そうな言い方をして……」

「いえ、中田さんにそう言っていただけるとうれしいです」

彼女は、私が属している句会の先輩会員だった。

「久保寺さんはいつ頃から俳句作りを始められたんですか」

「三、四年前ですね。もともと妻が好きで、その影響で私も始めるようになったんです。妻はなかなか手厳しくて、いつもあちこち直されました。妻にほめられるような句を作ってやろうと励んでいたんですが……」

「いい奥さんをお持ちでしたね」

中田英子はしんみりと言った。

「私には過ぎた妻だったと思っています。病気で亡くなったあと、妻のいない家に独りでいるのがつらくて、こちらのマンションに引っ越してきたんです」

実際には、沙耶は病気で亡くなったのではなく、自ら命を絶ったのだ。だが、そのことは口にしなかった。あのときのことを思い出すと、今でも心が千切(ちぎ)れそうになる。

それでは明日の句会で、と言うと、私はエレベーターに乗り込んだ。

沙耶が使っていた包丁やまな板やフライパンを使って、ベーコンエッグと野菜サラダを作る。食パンをトーストし、オレンジジュースをグラスに注いで、一人きりの朝食を取った。コーヒーメーカーでコーヒーを淹れ、新聞を読もうとテーブルの上に広げた。

とたんに、藤白市という市名が目に飛び込んできて、どきりとした。

藤白市――。もちろん、あの藤白（ふじしろ）とは無関係だろう。だが、この名前を目にすると平静ではいられない。

二十四年前、私は藤白亮介（りょうすけ）という男を殺したのだ。

＊

藤白亮介は、当時、私が勤めていた専門商社、沖野上（おきのがみ）産業のマテリアル課の同僚だった。長身で、柔和な坊ちゃん風の優男（やさおとこ）。スポーツマンで、気さくで親切なので、上司の覚えがよいのはもちろん、女子社員に人気があった。

私は競馬にはまっていて、独身なのをいいことに、給料の大半を注ぎ込むこともしばしばだった。もちろん、貯金などできはしない。あるとき、府中競馬場で持ち金のほとんどを失った私は、帰りの駅のプラットフォームに悄然（しょうぜん）として立っていた。次の給料日までどのように過ごそうかと頭を悩ませていた。そのとき、藤白に声をかけられたのだった。

私の窮状を聞いた藤白は、五万円貸そうと申し出てくれた。驚いて断ろうとする私に微笑んで言った。

「困っている人を見るとほっておけないたちなんだ。僕はけっこう貯金もあるから、五万ぐらいなら貸すよ」

藤白の実家が資産家らしいというのは聞いていた。好意をありがたく受けることにした。翌日の昼休み、藤白は封筒に入った五万円を同僚たちに見られないようこっそりと渡してくれ、「返すのはいつでもいいよ」と言った。私は藤白の求めで借用書を書いた。藤白は返済を迫らなかった。それをいいことに、私は何度も金を借りた。いつも五万程度だった。

金を借りるようになって一年ほど経った三月十三日のことだ。退社しようとした私は、藤白に「一杯付き合わないか」と誘われた。

藤白は左手の中指に包帯を巻いていた。どうしたのかと聞くと、「バスケットボールで突き指しちゃってね」と笑った。中学時代からバスケットボールをしていて、今でもアマチュアチームでプレーしているのだという。身長が百八十センチ近い長身の藤白にバスケットボールはぴったりだと思った。

居酒屋に入ってしばらくのあいだ、私たちは、その前日、マテリアル課に与えられた〈ベスト・パフォーマンス賞〉のことを話していた。この賞は、今年度にもっとも活躍した部署のメンバー全員に一律二十万円を与えるというもので、私たちマテリアル課は調達コスト削減を高く評価されたのだった。二十万円もらえるのはうれしいし、何より働きが認められたことがうれしかった。プロジェクトのリーダー格だった私は、主任への昇進を内々に打診されてもいた。

話が途切れたとき、藤白が「ところで」と言った。

「君に貸している金をそろそろ返してもらいたいんだが」

私はそのときまで、藤白に借金をしていることをほとんど忘れていた。

「あ、ああ、そうだな。いくらになったっけ」

「ちょうど百万だ」

「ずいぶん借りたもんだな。まず、最初に借りた五万からでいいかな」

すると、藤白は奇妙な笑みを浮かべた。

「全額だよ」

え？　と私は問い返した。

「全額返してほしいんだ」

「いや、そうしたいのはやまやまなんだが、さすがに一気に全額は……」

「すると君は、毎回五万ずつ、ちびちびと返してくれるつもりかい？　返し終わるのはいったいいつになるんだろうね？」

藤白の声はあくまでも穏やかだったが、ひやりとするものを感じさせた。私は答えられずに黙り込んだ。藤白は柔和な笑みをうかべると、

「百万、サラ金で借りたらいいじゃないか。借りた百万をそのまま僕に渡して、君はそのあと少しずつサラ金に返したらいい」

冗談ではない。サラ金から百万円も借りるなどとんでもない話だ。顔がこわばるのを感じた。

「明日の晩十時に、僕のマンションに百万返しに来てくれるかな。それまでにサラ金で金を借りておくといいよ」

ここの勘定は君にお願いするよ、と言うと、藤白は立ち上がった。

＊

翌日の日中は返済のことで頭がいっぱいだった。サラ金など論外だ。両親は五年前に他界し、親戚も一人もいないので、頼れる相手はいない。唯一の資産は親が残してくれた築三十年の家だが、すぐに金に換えることはできない。

仕事がまったく手につかず、つまらないミスを繰り返して課長に注意された。私がうわの空である原因がわかっているのか、藤白は時折、からかうような目を向けてきた。

私は午後六時過ぎに退社した。同僚たちはまだ働いていたが、頭を悩みごとでいっぱいにしたまま働くのがそれ以上耐えられなかった。

藤白の自宅マンションは、南品川の会社のすぐ近くにあった。彼を訪ねる十時までのあいだ、私は近所の喫茶店で過ごした。サンドイッチとコーヒーを頼んだが、食欲が湧かず、ほとんど手を付けなかった。

十時になり、藤白の部屋を訪れた。

「やあ、来たね」

会社にいたときとは打って変わって、藤白は不機嫌そうな顔で出迎えた。何か嫌なことでもあったのだろうか、と私は戸惑った。

玄関を上がってすぐのダイニングキッチンに通された。十五、六畳はあってかなり広い。ベージュ色の絨毯（じゅうたん）が敷かれ、ダイニングテーブルと椅子、ローテーブルとソファが置かれている。奥の扉の向こうにもう一部屋あるようなので、1DKということになる。南品川という立地から考えて、家賃は相当なものだろう。

キッチンのシンクの前に椅子が置かれていることに気がついた。シンクの真上の戸棚に手を伸ばすために椅子を踏み台代わりにしたようだ。

藤白に勧められ、ソファに腰を下ろした。藤白はローテーブルを挟んで向かいのソファに座る。

「百万用意してくれたかい？」

私は深々と頭を下げた。

「——申し訳ない。まだなんだ。給料が入るたびにその半分を返済に充てるから、もう少し待ってくれないか」

お断りだね、と藤白はにべもなく言った。

「絶対に全額返してもらわなきゃね」

「いくらなんでも急じゃないか。どうしてもと言うなら——あんたが同僚相手に金貸しの真似事をしてるって総務に報告するぞ」

金を借りておいて言う台詞ではなかったが、困り果てた私は軽く脅した。

「お好きにどうぞ。総務の三好課長は、競馬なんかにはまっている君が悪いと言うだろうけどね。三好課長は必ず僕の味方をしてくれるよ。何しろ、あの人にもたくさん貸しているから」

「——三好課長にも？」

「そうだよ。三好課長だけじゃない。うちの会社の人間大勢に貸しているんだ」

藤白はこともなげに言った。

「——どうしてそんなことを？」

藤白は答えず、柔和な笑みを浮かべている。表情と言動がまったく一致していない。

私は悟った。この男は、人が苦しむ姿を見るのが楽しいのだ。だから、さほどの額ではない金を貸し付け、返済を迫らず相手を油断させて借金を重ねさせ、金額が大きくなったところで相手に返済を迫るのだ。そうして、相手が苦しむ姿を見て喜ぶのだ。

どうしてもっと早く気づかなかったのだろう。こんな人間だとわかっていれば、決して金を借りたりはしなかったのに。

藤白が不意に思い出したように言った。

「そういえば、君は、総務課の森野沙耶が好きなようだね」

「あ、ああ」

「何回かデートもしているようだ」

「どうしてそんなことを……」

「人にお金を貸すとね、いろんな情報が入ってくるのさ。いいことを思いついた。君が借金まみれだということを、森野君に伝えることにするよ」

「――なんだって？」

茫然として相手を見つめた。藤白は坊ちゃん風の顔に笑みを浮かべながら、

「あんな男と付き合っていても何にもいいことはないって教えてあげるんだ。森野君はとてもいい人だから、彼女が不幸になるのは耐えられない。君もそう思うだろう？」

「――やめてくれ」

「さっそく明日にでも話すことにするよ。僕は女性陣に信用があるから、すぐに信じてくれるだろう。それに、僕の得た情報だと、彼女はく――」

恐怖と怒りが爆発した。ソファの前のローテーブルに載っている給湯ポットを両手でつかみ、向かいに座る男に投げつけた。ポットは藤白の顔に当たり、彼は悲鳴を上げると顔を押さえてしゃがみ込んだ。床に転がったポットを取り上げ、頭に振り下ろす。嫌な音がして、藤白は床に前のめりに倒れ、それから横倒しになった。

数分のあいだ立ち尽くしていた。不意に、足元の床に何か重いものが落ちて我に返っ

た。持っていたポットが手から滑り落ちたのだった。

藤白は横倒しになったまま、ぴくりともしなかった。目を見開き、まばたき一つしない。私は傍らにしゃがみ込み、恐る恐る藤白の右手を取って脈を探った。脈動はなかった。慌てて藤白の左胸に手を当てる。鼓動はなかった。

大変なことをしてしまった。藤白を殺してしまった。足元が崩れていくような感覚に襲われた。いったいどうしたらいいのだ？

落ち着け、と自分に言い聞かせた。落ち着いて考えるんだ。

まず考えるべきは、私が警察に疑われるかどうかだ。藤白が私に金を貸していたことがわかったら、私は真っ先に嫌疑をかけられるだろう。だが、藤白は、うちの会社の人間大勢に金を貸していると言っていた。容疑者候補は大勢いる。

とはいえ、私が容疑者候補の一人であることには変わりがない。だったら、有力な容疑者を一人用意したらどうだろうか。

たとえば、藤白が犯人の名前を書き残したように偽装したら。

真っ先に浮かんだのが、先ほど藤白が口にした総務課の三好課長だった。私は彼を嫌っていた。彼が部下の沙耶にやたらとちょっかいを出すからだった。沙耶がそのことで愚痴(ぐち)るのを聞いたこともある。三好課長の名前を記すだけで彼を逮捕させられるとまでは思わないが、少しでも痛い目に遭えばいい。

ダイニングキッチンを見回すと、部屋の隅の電話台にメモ用紙とボールペンが載っていた。これを使おう。

左手でハンカチ越しにボールペンを持つと、メモ用紙に「みよし」と平仮名で記した。利き手ではない手で書いたので、震えていておそろしく読みにくいが、それだけに私の筆跡だとはわからないはずだ。それから藤白の死体を電話台の前まで引きずっていった。死体をうつ伏せにして、右腕を前方に伸ばした格好にし、右手にボールペンを握らせる。ボールペンの下にメモ用紙を置いた。瀕死の藤白が電話台に載っているメモ用紙とボールペンをつかみ、床に腹ばいになって犯人の名前を記し、こと切れた――そう見えるだろう。藤白が右利きであることは、毎日、会社で目にしてわかっている。筆跡が普段の藤白のものと異なると思われるかもしれないが、瀕死の状態で震える手で記したのであれば、少々異なっていてもおかしくはないはずだ。

次に、私の指紋を拭き消さなければならない。キッチンにあった布巾を手にすると、床に転がっている給湯ポットを隈なく拭いた。ソファで私が触れた憶えのある箇所やドアノブも拭く。

ふと気になって、奥の部屋も覗いてみた。寝室として使われているようで、ベッドや衣装箪笥が置かれていた。誰もいない。次いでユニットバスを覗いたが、ここにも誰もいない。ほっとした。ハンカチでくるんでドアノブをひねると、廊下に出た。

廊下は無人でしんと静まり返っていた。階段をそっと下り始めた。

下りる途中で、キッチンのシンクの前に椅子が置かれていた光景が不意に脳裏に蘇った。そのとき初めて不思議に思った。シンクの真上の戸棚に手を伸ばすための踏み台代わりだと思ったが、よく考えると、藤白の身長ならば、戸棚には充分手が届くはずだ。それなのになぜ、踏み台代わりの椅子がいるのだろう。それとも、椅子を使ったのは、もっと背の低い他の人物なのだろうか。だが、藤白の部屋で他の人物が戸棚に手を伸ばすことがありうるだろうか。藤白に頼めばいいではないか。

理解できなかったが、今さら戻って確かめる勇気はなかった。少なくとも先ほど、室内に他の人物がいなかったことは間違いない。だったら、あのままにしておいても何の問題もないはずだ。

それより、このあとどうすればよいのだろう。容疑者候補は大勢いるし、総務課の三好課長を疑わせる工作もしておいた。だが、自分にアリバイがないのはやはり不安だ。あとからアリバイを作ることはできないだろうか……。

階段を下り切り、薄暗いエントランスを通り抜けた。路上には誰もいない。私は足早に歩き始めた。

2

赤煉瓦造りの三階建ての建物は、雨の中にひっそりと佇んでいた。

三鷹駅から傘を差して歩いてきた寺田聡は、その姿に思わず見とれた。晴れた日は老朽ぶりが目立つ建物だが、こうして雨の中で見るとなかなか風情がある。

傘をたたむと、正面玄関のドアを開けて入った。右手の守衛室から出てきた大塚慶次郎と挨拶を交わす。それを聞きつけたのか、左手の洗面室から清掃員の中川貴美子が出てきた。

「水も滴るいい男やん」

中川貴美子は聡を見るなりけたけた笑った。それから腰に付けたポシェットをごそごそ探ると飴を一個取り出し、「雨の日は飴ちゃんやで」と勧めてきた。ベタ過ぎて笑うのにも苦労するギャグだ。聡はいつものように礼を言って断ると、助手室に入った。

隣の館長室にすでにいる緋色冴子に挨拶し、昨日の夕方、終業時間が来て中断していたQRコードのラベル貼りを助手室で再開する。

聡が警視庁付属犯罪資料館に異動してから、一年四か月になる。このあいだ毎日、館内に保管されている遺留品や証拠品にQRコードのラベルを貼り続けてきた。

今、ラベル貼りを再開したのは、一九九〇年三月十四日に南品川で起きた会社員殺害事件の遺留品や証拠品だ。

被害者の藤白亮介は三十二歳で、沖野上産業という専門商社に勤めていた。十五日の朝、自宅マンションの部屋を訪れた大家が死体を発見した。

藤白は、ダイニングキッチンの床の上、電話台のそばにうつ伏せに倒れていた。顔面に打撲の跡があり、死因は頭部を殴られたことによる脳挫傷。床に給湯ポットが転がっており、それが凶器であることは間違いなかった。犯人はまず給湯ポットを被害者の顔面にぶつけ、しゃがみ込んだ被害者の頭部にポットを振り下ろしたのだろう。被害者宅にあった給湯ポットを凶器にしていることから、衝動的な犯行だと思われた。死亡推定時刻は、前日十四日の午後十時から十一時のあいだ。藤白の左手中指には包帯が巻かれており、調べた結果、突き指していることがわかった。

藤白は右腕を前に伸ばした状態でボールペンを握りしめていた。ボールペンの下にはメモ用紙があり、震える字で何か記されていた。犯人の逃走後、瀕死の藤白が電話台に載っていたメモ用紙とボールペンをつかみ、床に腹ばいになって犯人の名前を記し、こと切れたようだった。メモ用紙に記された文字は平仮名で「みよし」と読めた。

キッチンのシンクの前には、椅子が一脚、置かれていた。ダイニングテーブルの前にも同じ椅子があるので、もともとダイニングテーブルの前にあった二脚のうち一脚を、シンクの前に移動させたのだと思われる。

誰が、何のために椅子を移動させたのか。シンクの真上には戸棚がある。背が低い人間ならば、シンクの真上の戸棚に手を伸ばすには踏み台が必要になる。そのために椅子を持ってきたのだと考えられる。

だが、藤白は身長が百八十センチ近くあり、踏み台がなくても戸棚に手が届く。とすれば、椅子を移動させたのは藤白以外の人物ということになる。藤白以外の人物――犯人だ。

では、犯人は、戸棚の中の何を取ろうとしたのか、あるいは戸棚の中に何を入れようとしたのか。椅子の上に乗って戸棚の中を覗いた捜査員は、ダイヤル錠の付いた金属ケースが置かれているのを見つけた。ケースを戸棚から出して開けようとしたが、ダイヤル錠を開錠できない。やむなくこじ開けた。

中に入っていたのは、ノート一冊と、借用書の束だった。それは、藤白が沖野上産業の社員たちに金を貸していた記録だった。ノートには、貸した相手、日付、金額がこと細かく書かれていた。

藤白から金を借りていた人間は三十三人にのぼり、社内のさまざまな部署にいた。皆、一回の金額は一万から五万と少額だったが、積もり積もってかなりの額になっていた。

犯人はこのノートと借用書を探して戸棚の中を覗いたのだろうか。しかしそれならなぜ、ケースを置いたままにしているのか。ダイヤル錠付きのケースを見れば、中に重要なもの——たとえば、金を貸していた記録のたぐいが入っているとぴんときたはずだ。

ひょっとしたら、犯人はケースを開け、中のノートを改竄して自分の名前を消したり、自分の借用書を抜き取ったりしたのではないか、そう述べる捜査員もいた。だが、鑑識が調べた結果、ノートの字が消された痕跡はまったくないことがわかった。また、ノートに記された名前と借用書は完全に対応しており、なくなっている借用書はなかった。

長身の藤白は椅子を踏み台にする必要がない、しかし犯人ならばケースをそのままにしていくはずがない——この奇妙な謎が捜査員を悩ませた。

いずれにせよ、藤白が沖野上産業の社員たちに金を貸していたという事実は、藤白が殺害された理由を説明し得る。犯人は藤白に金を借りていたが、返済を求められて彼の自宅を訪れ、そこでトラブルが生じて衝動的に殺害したのではないか。

メモ用紙に記されていた「みよし」という名前の持ち主も、この三十三人の中にいた。総務課課長の三好久雄(ひさお)だ。

捜査陣は三好を真っ先に取り調べた。三好は藤白から金を借りていたことを認めたが、殺したことは否定した。藤白にうるさく返済を求められたことはなかったし、まもなく全額返すはずだったから、殺す理由などないという。三好は、自分は犯人にはめられたのだと主張した。事件当夜の十時から十一時には、千葉市の自宅にいたという。妻と二人の子供も三好が自宅にいたと述べたが、家族の証言なので信憑性(しんぴょうせい)は低かった。

しかし、何度取り調べても三好の主張が揺らぐことはなく、彼にはすぐに借金を返済できるだけの金銭的余裕があることも判明した。やがて、捜査陣の中からも、三好は犯人にはめられたのではないかという意見が出てきた。さらに、鑑識が現場の床を詳細に調べた結果、藤白のからだが、ソファから電話台のそばへ動かされたらしいことがわかった。絨毯に微量の血液が付着しており、その付き方から見て、藤白は自分で這って移動したのではなく、犯人にからだを引きずられたようだった。その目的は、電話台のメモ用紙とボールペンを藤白が手に取ったように見せかけるためだとしか考えられない。とすれば、メモ用紙に「みよし」と書かれていたのも犯人の偽装だったことになる。ここに至り、三好は放免された。

捜査陣は、ノートに名前のある残りの三十二人も調べた。彼らは皆、藤白から金を借りていたことを認めた。そして、犯行時間帯である午後十時から十一時にはほぼ全員が自宅におり、はっきりとしたアリバイがある者はごく少数だった。独身の人間はもちろんアリバイがないし、家族の証言も当てにはならない。

捜査陣はこの三十二人の中に犯人がいると見なして徹底的に調べたが、決め手は見つからなかった。藤白の自宅マンション内および周辺の訊き込みからも、めぼしい成果は得られなかった。

当初の見込みに反して捜査は長期化し、二年後、捜査本部は解散した。そして二〇〇五年三月十四日午前零時、事件は時効を迎えたのだった。

＊

助手室でQRコードのラベルを貼っていた聡は、館長室との境のドアが開き、緋色冴子がいきなり入ってきたので驚いた。

「今、ラベルを貼っているのは、一九九〇年三月の南品川会社員殺害事件のものか？」

緋色冴子は尋ねてきた。ええ、と聡が答えると、彼女は言った。

「この事件の再捜査を行う」

聡はこれまでに、八件の未解決事件あるいは被疑者死亡で終結していた事件を、緋色冴子の指示で再捜査している。捜査一課から放り出されようとしていた聡が犯罪資料館に異動したのは、彼女が手を回したためらしい。緋色冴子はお世辞にもコミュニケーション能力があるとは言えず、訊き込みには不向きなので、手足となる助手を必要としていたのだ。

「再捜査を行うということは、何か新たな視点が得られたんですか」

「ああ。容疑者が絞れたような気がする。犯人は、藤白のいたマテリアル課の同僚の中にいる可能性が高い」

「――どうしてそうわかるんですか」

「藤白から金を借りていた者たちの供述を見てみると、藤白が金を返済させるときには共通のパターンがあることがわかる。藤白は返済のことを口にせずに金をどんどん貸していく。そしてある日突然、全額返済を求めるんだ」

緋色冴子は手にしていた捜査書類を助手室の作業台の上に置いて開くと、金を借りていた者たちの証言を指差した。

――あの男が返済を求めてきたのは、最悪のタイミングでした。営業のリーダーに抜擢(ばってき)され、しかも子供が生まれたばかりのときに、五十万全額返せって言ってきたんです。公私ともに物入りだから、全額じゃなく分割にしてもらえないかって頼み込んだんですが、どうしても聞いてくれなくて……。

――わたしが課長になると決まったときでした。うちの事業部で初めての女性課長誕生ということで、とても騒がれましたし、わたし自身、すごくうれしかった。そうしたら、藤白さんがわたしのところにやって来て、おめでとうございますと言ったんです。そして、いい機会だから、七十万全額返してくださいって……。

「こうした証言を見ていると、藤白が返済を口にするタイミングには共通性があることがわかる」

「その人間にうれしいことがあったときに返済を求めるということですか」

その通りだ、と緋色冴子はうなずいた。

「もっと言えば、社内での昇進や栄転だ。藤白は社内のさまざまな部署の人間に金を貸すことで、社内のさまざまな情報を得ることができるようになっていたのだろう。そして、昇進や栄転をいち早く知り、当人が一番幸せなタイミングで借金の返済を求めて困らせ、楽しんでいたのではないか。ならば、犯人にも、事件直前に、昇進や栄転に類する社内的な出来事があったと考えられる。わたしは、藤白に金を借りていた三十三人の供述を読んでみた。その結果、これと思われるものが見つかった」

「何ですか」

「沖野上産業では、功績が最も顕著な部署に与える〈ベスト・パフォーマンス賞〉という賞を設けているが、ちょうど事件の二日前、藤白のいたマテリアル課は、この賞をもらっている。さらに、事件からひと月以内に、殺された藤白を除くマテリアル課の全員が、何らかの昇進や希望の部署への異動をしていることもわかった」

「……そうだったんですか」

「そして、マテリアル課は、藤白以外のメンバー四人全員が、例の三十三人の中に入っていた。藤白が四人の昇進や異動の内示をいち早く知り、借金の全額返済を求める最高のタイミングだと考えたとしてもおかしくない。もちろん、返済のため自宅に来させる日はそれぞれ違えただろうが」

恐ろしく大胆な推理だった。捜査一課でこんな推理をすれば一蹴されてしまうだろう。だが、緋色冴子の大胆な推理のおかげで、これまでいくつもの未解決事件が解決してきたのも事実だった。

「わかりました。マテリアル課の四人を対象にして再捜査をしてみましょう」

三十三人の容疑者が四人に絞られただけでも、大きな前進だ。マテリアル課の四人は、課長の江島光一、久保寺正彦、原口和子、沢本信也。聡は、この四人の事件当夜の行動をまとめてみた。

午後六時過ぎに、久保寺と沢本が退社。江島、原口、藤白は仕事を続け、午後八時前に退社。江島、原口、藤白は会社を出ると、京浜急行新馬場駅までの道を一緒に歩いた。その途中に藤白の自宅マンションがあり、藤白はそこで別れた。

藤白の死亡推定時刻である十時から十一時にかけては、江島、原口、沢本の三人は自宅にいた。江島は結婚しており、妻が夫は自宅にいたと証言しているが、家族であるため信憑性は低い。原口と沢本は独身で、アリバイを証明する者がいない。

唯一、アリバイがあると言えるのは、久保寺正彦だ。久保寺も独身だったが、午後十時半頃、埼玉県朝霞の自宅近くのコンビニに買い物に行き、防犯カメラにその姿が映っていたのだ。南品川の藤白の自宅から朝霞の久保寺の自宅までは、車では四十分程度、電車と徒歩では一時間程度かかるので、仮に十時ちょうどに藤白を殺害したとしても、十時半頃にコンビニの防犯カメラに映ることはできない。映像が別の日のものということも考え難かった。映像には店員や他の常連客も映っており、彼らに確認した結果、それが確かに三月十四日の午後十時半頃であることが裏付けられた。久保寺だけはアリバイがあると言っていい。

「再捜査はどのように行いますか？」

「まずは沖野上産業に行って、一九九〇年三月の人事を調べる。その頃、昇進や栄転をした社員のリストと、藤白のノートにあった名前をつき合わせてみよう。重なるのがマテリアル課の四人だけだと確認できたら、江島光一、原口和子、沢本信也に会うことにする。彼らに会って確かめたいことがある」

「確かめたいこと？　何ですか」

緋色冴子はそれには答えず、「わたしも同行させてもらう」と言った。

彼女が同行するのはこれで四件目だ。以前は聡を訊き込みに使って、自分は一歩も動かなかったが、どういう心境の変化なのだろうか。聡にはさっぱりわからなかった。

3

雨は朝からやむことなく降り続いていた。閉じた窓を通して、しめやかな雨音が聴こえてくる。レースのカーテン越しに覗く空は薄暗い。デスクに並べた二台のディスプレイには、株式情報を示すグラフがいくつも映っている。私はそれを見ながら証券会社に売買指示を送っていた。

朝、新聞で藤白という名前を見たせいで、二十四年前の事件を思い出してしまった。そのせいで、なかなか仕事に集中できなかった。デイトレーダーの仕事は瞬発力がものを言う。集中できなくては、瞬発力も発揮できない。

仕方がない、休憩しよう。仕事部屋からリビングに移動すると、コーヒーを淹れた。Sayaと記されたペアのマグカップを食器棚から取り出してコーヒーを注ぐ。Masahikoと記されたマグカップも並べてテーブルの上に置いた。

仏壇に飾られた沙耶の遺影に目をやる。白いワンピースを着た彼女は、私に笑いかけている。優しい瞳、こぢんまりとした鼻、笑うとき一番いいかたちになる唇——。もう一度、彼女の顔に手を触れたかった。屈託のない笑い声を聞きたかった。

玄関のチャイムの音で我に返った。インターフォンのモニターに目をやると、見たことのないスーツ姿の男女が映っている。宗教の勧誘かと思ったが、それとは雰囲気が違う。「はい」とインターフォンに応えた。

──久保寺正彦さんでいらっしゃいますか。

男が言った。

「そうですが」

男がバッジのようなものを取り出し、カメラに向けて掲げた。警察手帳だった。

──警視庁付属犯罪資料館の者です。一九九〇年三月に藤白亮介さんが殺害された事件についてうかがいたいのですが。

鼓動が速くなった。

「まだあの事件の捜査をしているのですか。とうの昔に時効が成立したと思いましたが……」

──もちろん時効は成立しています。私たちがうかがったのは、事件の事実関係をいくつか確認させていただくためです。私たちが所属している警視庁付属犯罪資料館は、事件の証拠品や遺留品、捜査書類を保管する施設なんです。

どうする、と自分に問うた。俺にはアリバイがある、大丈夫だ、と自分が答えた。

「わかりました」とインターフォンに言い、玄関に行ってドアを開けた。湿気を含んだ風が吹き込んできた。

奇妙な二人連れだった。男の方は三十歳前後。長身で、いかにも俊敏そうな顔をしている。女の方は年齢不詳だった。ほっそりとしたからだつきで、病的に肌が白く、人形のように冷たく整った顔をしている。フレームレスの眼鏡をかけていた。

どうしたのか、男の方がかすかな驚きの色を顔に浮かべた。女の方は大きな瞳でほとんどまばたきすることなく私を見つめている。気圧されるものを感じながら、私は二人をリビングに通した。

「奥様ですか」

仏壇に飾られた沙耶の遺影を見ながら男が言う。声にわずかな強張りがあった。

「ええ、妻の若い頃の写真です。二年前に病気で亡くなりました」

自ら命を絶ったことは言わなかった。それは、あまりにつらすぎる記憶だった。

テーブルを前にして座ると、二人は名刺を出してきた。男の方が寺田聡、女の方が緋色冴子。二人とも警視庁付属犯罪資料館に所属していて、緋色冴子が館長だ。

寺田聡がリビングを見回した。

「いいお住まいですね。失礼ですが、お仕事は何を？」

「デイトレーダーです。二年前に会社を辞めて始めましてね」

「難しいお仕事ですね。お仕事の邪魔をしてしまったのではないですか」

「いや、休憩していたところですから。それより、確認したいことというのは？」

「藤白さんが殺害された三月十四日夜のあなたの行動をもう一度、うかがいたいと思いまして」

「二十四年も前のことだから、はっきりとは憶えていませんよ。コンビニの防犯カメラに映ったおかげでアリバイが成立して、すぐに容疑者から外されたと思いますが……」

「捜査書類によると、三月十四日は、午後六時過ぎに会社を出て、朝霞のご自宅に戻られたそうですね」

「確かそうでした」

「そして、十時半頃に近所のコンビニに買い物に行かれて、防犯カメラに映った。藤白さんが殺されたのは十時から十一時のあいだですが、南品川の藤白さんの自宅から朝霞の久保寺さんの自宅まで、車では四十分程度、電車と徒歩では一時間程度はかかるから、十時に殺したとしても、十時半頃にコンビニの防犯カメラに映ることはできない」

「そうだ、思い出してきました。コンビニに買い物に行って本当に幸運でした。私が犯人じゃないことが証明されたんですから」

「いえ、あなたが犯人です」

それまで黙っていた緋色冴子が不意に声を発した。何の感情もこもらない、低い声だった。

「——私が犯人？　どういうことですか。私にはアリバイがあるんですよ」

緋色冴子はそれには答えず、私を見つめていた。この女も警察官なのだろうか。二十四年前、私を事情聴取した捜査員たちは迫力があったが、それなりの人間味も感じさせた。だが、この女は彼らとはまったく違う。冷ややかで、人間味のひとかけらも感じさせない、得体の知れない圧迫感がある。

「いったいどうして私が犯人だということになるんです？　言ってください」

私は声を荒げた。緋色冴子がようやく口を開いた。

「わたしは、藤白さんが借金の返済を求めるタイミングには共通性があることに気づき、そこから、マテリアル課のメンバーの中に犯人がいると推理しました」

緋色冴子は、マテリアル課のメンバーは皆、藤白から借金をしていたこと、事件の直前にマテリアル課が〈ベスト・パフォーマンス賞〉を受賞したこと、それからひと月のうちに、殺された藤白を除くマテリアル課の全員が何らかの昇進や希望の部署への異動をしたこと、藤白から借金をしていた者の中に他にそうした社員はいなかったことを推理の根拠として挙げた。藤白がなぜあのタイミングで借金返済を求めたのかを、私は初めて理解した。

「では、藤白さん以外のマテリアル課の四人のうち、誰が犯人なのか。わたしが注目したのは、ダイニングキッチンのシンクの前に椅子が置かれていたことです。これは、シンクの真上にある戸棚に手を伸ばすために、椅子を踏み台代わりにしたように見える。しかし、そうすると謎が生じます。身長が百八十センチ近くある藤白さんは、戸棚に手を伸ばすのに踏み台は要らないはずです。では、別の人物——犯人が、借金の証拠を探して戸棚に手を伸ばそうとしたのか。しかし犯人ならば、金を貸した相手を記したノートや借用書を収めた金属ケースを必ず持ち去っていたはずです。そうしていないということは、犯人でもないことになる」

二十四年前のあの夜、藤白を殺害したあと、マンションの階段を下りる途中で、私もシンクの前に置かれた椅子が不自然であることに気がついたのだった。あのときは部屋に戻って確かめる勇気がなく、また、そのままにして問題ないだろうと思って立ち去ったのだが、あの椅子がどのような意味を持つというのだろうか。

「わたしはこの謎に対して一つの答えを思いつきました――藤白さんは右肩を怪我していて、一定の高さ以上に腕を上げることができなかった。背が高くても、腕を上げることができなかったら、背が低いのと変わらない。もちろん、片方の腕が上がらなくても、もう片方の腕を使えばいいわけですが、死体検案書によれば、藤白さんは左手の中指を突き指していた。これでは、左手で物をつかむことができない。物をつかむのは右手でしかできないということです。そんな状態で、右腕が一定の高さ以上に上がらなかったら、戸棚に物を出し入れするのに踏み台が必要になります。そして、右腕が上がらなくなった原因である怪我の方は司法解剖で判明していないことから、その怪我は外からはわかりにくい怪我――捻挫（ねんざ）だと考えられます。藤白さんは右肩を捻挫していたのです」

私は、あの夜の藤白の様子を思い出した。会社にいるときとは打って変わって不機嫌そうだったが、あれは捻挫したからだったのか。そして、事件前日の居酒屋で、藤白がバスケットボールで左手中指を突き指したと言っていたことも思い出した。

「藤白さんは、犯人が来る前、戸棚からケースを取り出し、ノートや借用書をチェックしていたのでしょう。それらをケースに収めて戸棚にしまい、踏み台代わりの椅子を戻そうとしたところで、犯人が来た。そのため、椅子は戻されないまま残されたのです。

　さて、藤白さんが右肩を捻挫していたのだとすれば、右腕を前に伸ばして犯人の名前を書けたはずがない。ここからわかるのは、犯人は、藤白さんが右肩を捻挫していることを知らなかったという事実です。知っていたならば、右腕ではなく左腕を前に伸ばすような偽装をしたはずだからです。左手中指を突き指していても、人差し指と親指でボールペンを挟んで犯人の名前を記したような偽装は可能だったでしょう。

　藤白さんの右肩の捻挫を犯人が知らなかったのは、藤白さんが犯人に捻挫のことを話さず、また、捻挫が犯人の目の前で起こらなかったことを意味します。では、藤白さんは、いつ、どこで捻挫したのか。藤白さんは包帯や湿布をしていなかった。つまり、病院に行っていなかった。それは、事件当夜、すでに病院が閉まっている時間に捻挫したことを意味します。

　藤白さんは午後八時前まで会社にいました。病院が閉まるのはたいてい七時。したがって、七時前から八時前までの会社で、あるいは帰宅途中で、あるいは自宅で、捻挫したと考えられます。

　マテリアル課の同僚のうち、久保寺さんと沢本さんは午後六時過ぎに退社している。そこで、わたしたちは、その後も残っていた江島光一さんと原口和子さんを探し出して話を聞きました。すると、江島さん、原口さん、藤白さんが八時前に一緒に退社するとき、藤白さんが階段を踏み外してとっさに手すりにしがみついたことがわかりました。

そのときに右肩を捻挫した様子だったといいます。病院に行こうにももう閉まっている時刻だし、救急車を呼ぶほどでもないので、そのままにして別れたという。江島さんたちは、特に事件には関係ないだろうと思い、藤白さんの捻挫のことは捜査員に話さなかったそうです」

私は喉が渇くのを感じていた。緋色冴子の推理がどこに行きつくのか、今や明らかだった。

「江島さんと原口さんは捻挫のことを知っていた。したがって、犯人は、午後六時過ぎに退社したため捻挫のことを知らなかった久保寺さんと沢本さんに絞られます」

「――それで、私が犯人だというわけですか。しかし、私にはアリバイがあるんですよ。それを忘れないでください」

緋色冴子も寺田聡も答えずにこちらをじっと見ている。

「私は十時半頃に朝霞の自宅近くのコンビニの防犯カメラに映っているんだ。たとえ十時に藤白を殺したとしても、十時半頃に朝霞で防犯カメラに映ることは絶対に無理だ。それとも、藤白の自宅から私の自宅まで、何らかの方法で三十分かからずに戻ったとでもいうんですか。あるいは、コンビニの映像が本当は別の日のものだったとでも？」

二人はなおも答えずにこちらを見ている。雨音が強まったような気がした。やがて、緋色冴子が感情のこもらない声で言った。

「アリバイがあるのは久保寺さんです。しかし、あなたにはアリバイがない――そうですね、沢本信也さん」

＊

私は一瞬、沈黙し、それから笑い出した。

「何を言うんだ、私は久保寺ですよ」

「あなたは沢本さんです。わたしたちは、江島光一さんから、マテリアル課のメンバー全員が写った写真を見せてもらったのです」

「――写真を？」

「先ほどの推理で犯人を沢本さんに絞り込んだわたしたちは、沢本さんに会おうとしました。しかし、沢本さんは沖野上産業を辞めていた。会社に住所が残っていた自宅マンションに行ってみると、沢本さんは二年前のある日、部屋をそのままにしていなくなったと大家に教えられました。沢本さんは独身で身寄りもいなかったので、半年待ってから、部屋のものをすべて処分したという。

そこで最後にわたしたちは、久保寺さんに会うことにしました。久保寺さんはアリバイがあるので犯人の可能性はないが、沢本さんの行方を知っているかもしれないと思ったのです。久保寺さんも会社を辞めて引っ越していたが、戸籍の附票を調べれば、引っ越し先を突き止めることはわたしたちには容易でした」

そこで緋色冴子は私を見据えた。

「だが、そこで見たのは、沢本さん、あなただった。わたしたちはあえて、あなたを久保寺さんとして扱った。するとあなたは、久保寺さんとしてふるまい続けた。あなたが自分を久保寺さんだと見せたがっていることは明らかだった。──あなたは久保寺さんを殺害してなり替わったのではないですか」

私は深いため息をついた。

そう、私は沢本だ。久保寺を殺してなり替わった。それは、久保寺が私から沙耶を奪ったからだ。

二十四年前のあの夜、藤白は死ぬ直前に「それに、僕の得た情報だと、彼女はく」と口にした。藤白があのとき何と言おうとしたか、私はまもなく知ることになった。「彼女は久保寺と付き合っている」と言おうとしたのだ。事件から数日後、沙耶は私に別れを告げ、数か月後、久保寺と結婚した。

彼女が幸せになるのならと思って、私は我慢した。だが、久保寺は彼女を大事にしなかった。結婚後十年ほどして沙耶は鬱(うつ)病を患い、二年前、自ら命を絶った。久保寺はまもなく会社を辞めた。デイトレーダーになるという。沙耶の死で得た保険金を元手に起業することは間違いなかった。

久保寺が許せなかった。その思いはやがて殺意となった。すでに一人殺していた私は、人を殺すことへのためらいが少なかったのかもしれない。

久保寺を殺すために身辺を調べるうちに、彼がマンションを購入して引っ越そうとしていることを知った。そのとき、天啓のように閃いた——久保寺になり替わろう。引っ越すタイミングを狙えば、顔が知られていないから、なり替わってもばれる可能性は低いはずだ。とはいえ、少しでも久保寺に似るために、彼のトレードマークだった口ひげとあごひげを生やすことにした。

なぜ、なり替わろうとしたのか。そうすることで、久保寺が沙耶と過ごした歳月を奪い取れるような気がしたからだ。それだけではない。久保寺が持っている沙耶の写真が欲しかった。沙耶が触れ、大事にしてきた日常のさまざまなものが欲しかった。

私は偶然を装って久保寺に会い、引っ越し予定日を聞き出した。引っ越しの前日、久保寺の住む一軒家を訪れ、隙をついて殴りつけて昏倒させ、ロープで縛った。目を覚ました久保寺をナイフで脅し、クレジットカードや銀行口座の暗証番号、その他、なり替わるために必要なことを聞き出した。必要な情報を聞き出したら、ナイフで刺し殺した。死体を車で運び、千葉県の山中に埋めた。

翌日、久保寺のふりをして引っ越し業者に会い、荷物を運ばせた。以来、久保寺正彦として新居のマンションで暮らし始めた。自分のマンションには二度と戻らなかった。そして、沢本信也は失踪したと見なされることになった。

久保寺が持っている沙耶の写真は、若い頃のものがほとんどだった。最後の四、五年は写真すら撮っていなかったらしい。それが、沙耶に対する久保寺の気持ちを表していた。二人がともに写っている写真からは、久保寺を切り取って沙耶だけを残した。彼女の写真をアルバムに貼り、飽かず眺めた。沙耶が笑顔を向けているのは私であるような気がした。そして、沙耶が使っていたフライパンや鍋や包丁を使って毎日食事を作った。それらを通して彼女の手の温かみが感じ取れるような気がした。

沙耶のために仏壇を購入すると、リビングに置いた。彼女の写真で一番気に入っているものを遺影として飾った。

久保寺になった私は、彼が目指していたデイトレーダーをすることにした。だが、私には才能がなかった。毎日、ディスプレイに映る株式情報を見ては証券会社に売買の指示を出すが、儲けは少しも出ず、資金はどんどん減っていく。ちょうど昔、競馬でしょっちゅう負けていたように。あと数週間で貯金が底をつくはずだった。

「藤白亮介さんと久保寺正彦さんを殺害したことを認めますね？」

寺田聡の言葉に、はい、と私はうなずいた。

寺田聡が携帯でどこかに連絡を取っていた。やがて、何人もの男たちが部屋に入ってきた。男の一人が警視庁捜査一課の者だと名乗った。

男たちに連れられてリビングを出る前に、私は沙耶の遺影に目をやった。いつもは私に笑いかけてくれる沙耶は、今は私を見ようともしなかった。私はもはや久保寺ではないのだった。

記憶の中の誘拐

1

真夏の日差しが墓石の群れに照り映えていた。

辺りの木々から蟬しぐれが降り注いでいる。風はまったくなく、服は全身から噴き出す汗に濡れている。もうすぐ午後五時だというのに、日差しの強さは昼間からほとんど衰えていない。

戸田尚人は墓前に線香を供えた。

墓石には「戸田英一・日奈子」と刻まれている。両親は戒名を嫌っていたので、亡くなったとき、尚人は生前の名前をそのまま記すことにしたのだった。

隣に立っている叔父の雄二とともに、目を閉じて合掌する。そうすると、暑い空気の中でふと気が遠くなりそうだった。

「兄さんたちが亡くなってもう十四年になるのか……」

合掌を終えた叔父が呟いた。

「あのとき高校生だった尚人君が立派な医者になってるんだから、それぐらいは経つか。だけど、あっという間だったな」

「叔父さんには本当にお世話になりました。叔父さんが援助してくれたおかげで、俺は大学に進んで医者になることができた」

「当然のことをしたまでだよ」

十四年前の今日、八月十三日、両親は奥多摩町のバスの転落事故で死亡したのだった。両親は尚人が中学生になってから、毎年、医院が夏休みに入るこの時期になると、夫婦二人だけで旅行していたのだ。父と母はとても仲のよい夫婦だった。亡くなるときも一緒だったことが、唯一の慰めかもしれない。

父さん、母さん、また来るよ。胸のうちでそう呟いて、墓前を離れた。お盆の時期とあって、他にも何人か墓参に来ている。皆、汗を流して暑さにあえぐような顔をしていた。

尚人と叔父は墓地の駐車場に来た。

「私の車に乗っていくかい。家まで送るよ」

叔父が言ったが、尚人は断った。

「車はあいかわらず苦手なので……」

「あれからずいぶん経つが、やはり変わらないか」

「変わらないですね。もしかしたら、一生苦手なままかもしれない」

「そうか……」

叔父は「じゃあ」と手を上げると、アウディに乗り込んだ。車が走り去る。

それを見送ってから、尚人は三鷹駅に向かって歩き出した。熱気に目眩がしてくるほどだが、車に乗るよりはましだ。

車が苦手だというのは本当だった。正確に言うと、車に乗ると恐怖を覚えるのだ。狭い車内に身を置き、床に敷かれたゴムのマットの臭いに曝されると、息が苦しくなり、汗がにじみ出し、意識が薄れそうになる。だから、勤務先の病院にも電車と徒歩で通勤している。

原因はわかっている。二十六年前のあの出来事だ。

五歳の夏、尚人は誘拐されて、車のトランクの中に監禁されたのだった。

＊

八月の朝のことだった。朝食を食べて、子供向けのアニメを見たあとだから、午前九時過ぎだっただろうか。

尚人はその頃、虫捕りに夢中だった。当時の家は八王子の丘を切り開いた造成地にあり、近所には林が残っていた。そこにカブトムシやクワガタがいることを発見し、毎日捕りに通っていた。両親は、まだ幼稚園の年長組の尚人が独りで林に出かけることを初めは心配していたが、慣れたのかやがて何も言わなくなった。むしろ、息子が自然と触れ合うことを喜んでいるようだった。

尚人はその日も、虫捕り網を手にし、虫かごを肩から提げ、頭には野球帽という格好で家を出た。

まだ朝だというのに、強い日差しが照り付けていた。尚人は住宅地を外れ、林に向かう道を独り歩いた。辺りに人影はなく、蝉の鳴き声だけが響いていた。

道端に白い車が一台、停まっていた。横を通り過ぎようとしたとき、車の中から声をかけられた。

「ぼく、戸田尚人君?」

見ると、知らない女の人が車の窓から顔を覗かせていた。色白で髪が長く、薄紫色の大きなサングラスをかけている。

「うん、じゃなかった、はい」

女の人はうっすらと微笑んだ。赤い唇がひきつるようにゆがむ。なぜかその笑みがひどく恐ろしく感じられた。

「尚人君は虫捕りに行くところ?」

「そうです」

「どんな虫が好きなの?」

「カブトムシとクワガタ」

「おばさんも好きよ。おばさんの家の近くにも林があってね、そこにすごく大きなカブトムシがいるの」

「大きいって、どれぐらい?」

「これぐらい」

女の人は、ほっそりとした人差し指と親指で大きさを示してみせた。

「うわあ、いいなあ」

「尚人君も大きなカブトムシを捕りたい？」

「うん。きりん組のあきら君がすごく大きなカブトムシを飼っててね、いつも自慢するから、ぼくもそれより大きなカブトムシを探してるの。だけどなかなか見つからない」

「じゃあ、おばさんが、大きなカブトムシがいる林に連れていってあげる」

「え、本当？」

「さあ、乗ってちょうだい」

女の人は助手席のドアを開けた。尚人は車に乗ろうとして足を止めた。

「でも、知らない人についていったらいけないって言われてるし」

女の人はおかしそうに笑った。

「わたし、尚人君のお父さんとお母さんの友達よ」

「そうなの？」

「お父さんの名前は英一、お母さんの名前は日奈子でしょう。お父さんはお医者さんね」

「そうだよ」

この人がお父さんとお母さんの友達というのは本当みたいだ、と尚人は思った。

「さあ、乗ってちょうだい。お昼ご飯までにはおうちに帰してあげるから」

そう言われて、尚人は白い車に乗り込んだ。虫捕り網と虫かごは後部座席に置いてもらう。女の人が左手を伸ばして、助手席のドアをばたんと閉めた。

「暑いわね。ジュースでも飲む？」

女の人が、ダッシュボードのドリンクホルダーに入れてあったオレンジジュースの缶を渡してくれた。缶のタブはすでに開けられている。ありがとう、と言って尚人はごくごくと飲んだ。強い日差しの中を歩いたので喉が渇いていた。気がつくと、半分以上飲んでしまっていた。女の人は尚人がジュースを飲む様子をじっと見つめていた。

ごちそうさま、と言って尚人が缶を返すと、女の人はそれをドリンクホルダーに戻した。そして、車をゆっくりと発進させた。

車に揺られて十分ほども経っただろうか。耐えきれないほどの眠気が襲ってきた。尚人はいつの間にか寝入っていた。

気がつくと、辺りは真っ暗だった。

起き上がろうとして、頭を何かにぶつけた。手を伸ばそうとすると、硬く滑らかな壁のようなものに阻まれた。尚人はパニックになって目の前の壁を叩いた。金属質の音とともに壁はかすかに震えるが、びくともしない。右に動くとやはり壁にぶつかった。左に動いてもやはり壁にぶつかる。床にはゴムのようなものが敷かれていて、その臭いがひどく鼻を突いた。

いったいここはどこなんだろう。この狭い場所はどこなんだろう。

振動のようなものが伝わってきて、時折、どんという衝撃とともにからだが壁に打ち付けられる。耳障りな音も聞こえる。

そこで不意に気がついた。

ここは、車のトランクの中だ。ぼくは、車のトランクの中に閉じ込められているんだ。

どうしてこんなことになったんだろう。あの女の人が、眠ってしまったぼくを閉じ込めたんだろうか。どうしてそんなことをするんだろう。

「助けて！　出して！」

何度も叫んだが、トランクはいっこうに開けられなかった。しまいに喉が痛くなり、叫ぶのをやめた。頬を涙が伝った。

きっと何かの悪戯なんだ。すぐに出してくれるはずだ。尚人は恐怖で震えながらも、必死でそう思った。

しかし、トランクはいつまで経っても開けられなかった。

喉が渇いたし、お腹もすいてきた。からだをほとんど動かせないのがしんどい。

お母さんやお父さんはきっと心配してるはずだ。ぼくのことを探してるに違いない。

トランクはなおも開けられなかった。

喉がひどく渇き、空腹は耐えられないほどになった。頭がぼうっとして、考えることもできない。

このままここで死んじゃうんだろうか。死ぬのは嫌だ。やりたいことがいっぱいあるのに。

尚人はうとうとしては目を覚ますことを繰り返した。閉じ込められた夢を見て、恐怖のあまり目を覚まし、すると現実でも自分は閉じ込められていることを思い出すのだった。

そのうち意識が途切れ、何の音も聞こえなくなった。


「尚人！　尚人！」

上から懐かしい声が降ってきた。

目を開けると、トランクの蓋が持ち上げられていて、夕暮れに近い色の空が見えた。両親が心労でやつれた顔に喜びの色を浮かべ、覗き込んでいた。父も母もぽろぽろと涙を流している。尚人は父と母に弱々しく手を差し伸べた。父が尚人の上半身を起こし、かき抱いた。その温もりにほっとし、尚人はまた意識を失った。

目が覚めると、大きなベッドの上にいた。ベッドの両脇には柵が付いていた。そばの椅子に父と母、それに叔父が座っている。大きな窓から朝の光が射し込んでいた。

「ここ、どこ……？」

「目が覚めたのね……」

母が尚人の手を取り上げ、自分の頬に押し当てると、わっと泣き出した。

「病院だよ」

と父が言った。

「お前は誘拐されていたけど、昨日の夕方、助け出されたんだ。ひどく弱っていたから、この病院に運んできたんだよ」

「ユーカイって何？」

「悪い人がお前をさらって、返してほしければお金を払えって言ってきたんだよ」

「払ったの？」

「払う前に、悪い人がお前を放してくれたんだ。きっと、悪いことをしたって反省したんだろうね」

父母は、よかった、よかったと何度も繰り返した。

そのあと、レントゲン検査をしたり、血液検査をしたりした。そして、お医者さんがやって来て、どこか痛くはないかとか、気持ち悪くないかとか、いろいろな質問をした。からだがだるいけど、どこも痛いところはないです、と尚人は答えた。

しばらくして、二人の男女が病室に入ってきた。お前の事件を調べてくれている刑事さんだよ、と父が言った。

尚人はびっくりして二人を見た。どちらもごく普通のおじさんおばさんで、テレビドラマに出てくる刑事みたいに格好よくはない。

おばさんの刑事の方が、優しい口調でいろいろな質問をしてきた。尚人はさらわれたときのことを詳しく話した。歩いていたら知らない女の人に声をかけられたこと。ジュースを勧められて飲んだら眠くなったこと。気がついたら車のトランクに閉じ込められていたこと……。

「その女の人はいくつぐらい？」

「よくわからない。お母さんよりちょっと若いくらい」

「どんな顔をしていたかな？」

「色が白くて、髪が長くて、薄紫色のサングラスをかけてた」

「服は？」

「水色の長い服」

ワンピースね、とおばさんの刑事はうなずいた。そして父と母を見ると、

「犯人の女に心当たりはありますか？」

と訊いた。

いえ、ありません、と父も母も首を横に振った。

「どんな車だったか憶えてる？」

「白い車だったよ」

「ドアの数は？」

「ドアは四つ」

「車の中にあったもので、何か憶えているものはある？」

「うーん、ないよ」

そのとき、看護婦が病室に入ってくると、刑事たちに向かって言った。

「尚人君は衰弱していますので、今日の質問はこれぐらいにしていただけますか」

わかりました、と刑事たちはうなずいた。そして、犯人を必ず捕まえてみせるからね、と尚人に言って、病室を出ていった。

退院できたのは次の日のことだった。報道陣が待ち構えていて、父の腕に抱かれている尚人にいっせいにカメラが向けられた。そのときの姿が新聞に載り、テレビに流された。通っていた幼稚園では、先生も友達も誰も事件のことを口にせず、いつもどおりに接してくれた。尚人の入院中に話し合って、そのようにしようと決めていたのだろう。尚人にはそれがありがたかった。

＊

事件当時は小さかったので、詳しいことは知らされなかった。

詳しく知らされたのは、中学一年生になったときだ。「お前ももう充分大きくなったから、いいだろう」と父が言って、話してくれたのだった。

犯人が尚人をさらったのは、八月十四日のことだった。電話で両親に五百万円を要求してきた。翌十五日、両親は車に身代金を積んで出発し、犯人の指示を受けて都内のあちこちを走り回った。ところが、犯人はなぜか途中で身代金の受け渡しを放棄し、青梅市黒沢の道端に停めた白い車のトランクに尚人を閉じ込めたまま、解放したのだ。

尚人をさらった女の名は佐川純代。尚人の生みの親だった。

尚人は一歳のとき、虐待を受けている疑いで佐川純代から引き離され、児童養護施設に預けられたのだという。そして、子供ができない体質だった戸田夫妻に養子として引き取られたのだった。

実母が自分を身代金目的で誘拐したことよりも、自分が父と母の実子ではなかったことに尚人は衝撃を受けた。養子として引き取られたのは物心つく前だったので、児童養護施設にいた頃の記憶はまったくない。生まれたときからずっと父と母に育てられてきたのだと思っていた。

だが、血がつながっていなくても、父と母が自分に対して深い愛情を持ってくれていることはよくわかっていた。何より、誘拐事件のとき、トランクを開けて助け出してくれた両親が見せた心配と喜びの表情は忘れられない。両親は、実母よりもはるかに深く、自分のことを愛してくれている。

＊

尚人は医師の父を尊敬し、将来は自分も医師になりたいと願った。両親が奥多摩町のバスの転落事故で亡くなったのは、高校三年生のときだった。父と同じく内科医だった叔父が戸田内科医院を継ぎ、尚人が高校と大学に通うのを援助してくれた。

三鷹駅まで歩き、あまりに暑かったので駅構内の喫茶店でアイスコーヒーを飲みながらしばらく涼んだ。そろそろ電車に乗ろうと店を出たところで、後ろから軽く肩を叩かれた。

振り返ると、懐かしい顔が笑っていた。寺田聡。高校時代の友人で、ともにサッカー部に入っていた。

「久しぶりだな。三年前、OB会で顔を合わせたのが最後じゃないか。今日はどうしたんだ?」

「両親の墓参りで、三鷹霊園に行ってきたんだ。今日が命日でね」

「高校三年のときにご両親が亡くなったんだったな。あのときは大変だったな」

「お前にもずいぶん励ましてもらった。お前の方は、今日はどうしたんだ? 捜査一課に配属されたってOB会で言っていたな。訊き込みか?」

「いや、もう捜査一課じゃない。三鷹市にある犯罪資料館というところだ。そこから家に帰るところだよ」

腕時計を見ると、午後五時四十五分。定時に終わってすぐに職場を出たということか。

「捜査一課と違って、定時に帰れるところなんだ。たまに遅くなることもあるがな」

こちらの思いを読み取ったように聡が言ったので、尚人は苦笑した。昔から鋭い奴だった。だからこそ捜査一課に配属されたのだろう。

「犯罪資料館というのはどんなところなんだ?」

「警視庁管内で起きたすべての刑事事件の証拠品や遺留品、捜査書類を保管する部署だよ。事件が解決したら、あるいは未解決でも一定期間が過ぎたら、証拠品や遺留品、捜査書類は犯罪資料館に移されることになっている」

三年前に会ったとき、捜査一課に配属されるのが念願だったと聡は言っていた。ならば、そこから異動した今の状況は決してうれしいものではないはずだが、友人の表情に翳(かげ)はなかった。

墓地での叔父との会話で、間接的であれあの誘拐事件に触れたためだろうか。尚人は以前から気になっていたことを聡に訊きたくなった。

「そういえば、警視庁には、未解決事件を専門に扱う捜査チームがあるんだって?」

「ああ。五年前、二〇〇九年に特命捜査対策室というのができた。公訴時効の延長や、DNA型鑑定なんかの捜査技術が進んで昔の事件でも解決可能になったことが背景にある」

「その特命捜査対策室というのは、時効が成立した事件でも再捜査してくれるのか」

「残念だが、時効が成立した事件では犯人を刑事罰に問えないから、再捜査はしない」

そこで聡ははっとした表情になった。

「――そうか。お前は五歳のときに誘拐されたんだったな。時効が成立した事件というのはそのことか」

「そうだ。よくわかったな」

友人は少し迷ってから口を開いた。

「時効が成立した事件でも再捜査する部署が、警視庁に一つだけある」

「どこだ？」

「俺のいる犯罪資料館だ」

「そうなのか。すごいじゃないか」

「といっても、再捜査をすると公的に定められているわけじゃなくて、ほとんど館長の個人的趣味なんだが……。お前は、五歳のときの誘拐事件を再捜査してほしいのか」

「ああ」

なぜ、実母は自分を誘拐したのか――。身代金目的とは聞いたが、それだけとは思えず、それがずっと胸にわだかまっていた。どうしてもその理由を知りたいと思った。

「お前の誘拐事件を再捜査できないか、館長に当たってみるよ。ただし、あまり期待しないでくれ。館長はかなりの変人で、普通の人間とは思考回路がかけ離れているからな。それから、もし犯罪資料館が再捜査することになった場合、俺も再捜査に加わるが、いいか。捜査書類を読んで、お前の誘拐事件について詳しく知ることになる。それが嫌なら言ってくれ」

「かまわない。お前が再捜査してくれるならうれしいよ。せっかく会ったんだ、もう少し話したいな。ビールでも飲みに行こう」

2

　翌十四日と十五日は夏季休暇、十六日は土曜日、十七日は日曜日だったので、聡が犯罪資料館に出勤したのは、十八日月曜日のことだった。

　朝八時五十分に着くと、守衛の大塚慶次郎が駐車場でラジオ体操をしていた。大塚は聡を見ると、照れくさそうな顔で動きを止めた。

「孫が毎朝、ラジオ体操をするようになってね。健康にいいからおじいちゃんもやってと言われて、仕方なく始めたんだ」

「いいお孫さんですね」

「寺田君も一緒にどうだね」

「いえ、私は……。どうぞ続けてください」

　聡は館内に入った。すると、今度は清掃員の中川貴美子に出くわした。

「寺田君、おはよう。夏休みのせいで寺田君に会えへんかったから、寂しくて仕方なかったで」

「それは、すみません」

「夏休み中はどこかに遊びに行ったん？」

「いえ、自宅でごろごろしていました」

「せっかくの二枚目がもったいない。ビーチに行って女の子を誘わなあかんよ。あたしが誘い方を教えたろか。あたしも昔は……じゃなかった、今もしょっちゅう、男に誘われとるからな。女心に響く誘い方なら任せとき」

「ありがとうございます。これから仕事なので、また今度」

聡は助手室に退散した。隣室の館長室に通じるドアをノックする。返事がないことはわかっているので、勝手にドアを開けて中に入る。

いつものように、緋色冴子警視はすでに机に向かって書類を読んでいた。挨拶をしたが、いつものように無視された。別に聡に対して悪感情を抱いているわけではなく、誰に対してもそうなのだ。いつもならそこで助手室に引っ込むのだが、今日は彼女に話しかけた。

「実は、検討していただきたい事件があるのですが……」

雪女が大きな瞳を向けてきた。

「どんな事件だ？」

「一九八八年八月十四日に八王子市で起きた、児童誘拐事件です」

聡は、十三日の晩に戸田尚人とビアガーデンでビールを飲みながら聞いた事件の概要を話した。

「……被害者の実母が犯人だと思われますが、彼女の行方は不明ですし、なぜ、身代金の受け取りを途中でやめたのかもわかりません。どうも収まりの悪い事件です。検討する価値はあると思いますが」

「今、QRコードのラベル貼りは一九八九年九月まで遡ったところだが、それを一時中断して一九八八年八月の事件を取り上げる必要性は」

「実は、誘拐された被害者は私の友人なんです。先日、会ったんですが、実母がなぜ自分を誘拐したのか、今でも胸にわだかまりがあるようで……」

「事件のことで悩んでいる被害者は大勢いるし、警察官が私情から特定の被害者の利益を優先することは許されない」

「……すみません」

緋色冴子はフレームレスの眼鏡を軽く押し上げた。

「ただ、その事件について、何か疑問点を君が見出しているのならば話は別だ」

「というと?」

「事件の疑問点は、事件を見直す際の有力な手がかりとなる。そうした手がかりがある事件ならば、優先的に扱っても問題ない。今日一日、その事件の捜査書類を読み込んで、疑問点を見出してくれ。そうしたら、再捜査をしよう」

「……ありがとうございます!」

緋色冴子はそっけなくうなずくと、手元の書類に目を落とした。

保管室に入ると、温度は少し低めだが快適な空気がからだを包んだ。証拠品や遺留品を良好な状態で保管するため、一年を通して温度二十二度、湿度五十五パーセントに維持されているのだ。

室内にはスチールラックが何列も並べられ、そこにプラスチックのケースがずらりと置かれている。それぞれに、事件の遺留品や証拠品、捜査書類が入っている。

聡は一九八八年八月に割り振られたスチールラックから、「八王子市児童誘拐事件」というラベルが貼られたケースを取り上げ助手室に戻った。尚人から事件の概要を聞いてはいるが、再捜査に向けて疑問点を見つけるには、やはり捜査書類を読み込む必要がある。

ケースから書類ホルダーを取り出す。捜査報告書、現場実況見分図、現場写真が貼られた台紙などが綴じられている。

現場実況見分図には、八月十四日に尚人がさらわれた現場付近の図面と、十五日に解放されたときに閉じ込められていた車の停車位置を示す現場付近の図面が描かれていた。台紙に貼られている現場写真は、尚人が閉じ込められていた車のトランク内部を写したものだ。床には合成繊維で編まれたチェック柄のマットが敷かれているのが見える。五歳の少年がこんな狭苦しい空間に閉じ込められていたのかと思うと、友人に強い憐れみを覚えた。

まずは捜査報告書を読み始める。

事件が発生したのは、一九八八年八月十四日日曜日。八王子市長房町に住む戸田英一・日奈子夫妻の一人息子、尚人（五歳）が午前九時過ぎに近所の林に虫捕りに出かけたきり、二時間近く経っても帰ってこなかった。尚人は幼稚園年長組で、夏休み中だった。毎日、林に出かけていたが、これだけ長い時間、戻ってこなかったのは初めてだったので、英一と日奈子は心配し始めた。二人は林に向かったが、尚人の姿はなかった。

二人が自宅に戻ったところ、正午前に電話がかかってきた。日奈子が電話に出ると、男とも女ともつかない甲高い声が聞こえた。

「戸田尚人君の自宅だな」

「そうですけど」

「尚人君を預かった。返してほしかったら五百万円払ってもらいたい」

「……おかしな悪戯はやめてください」

「悪戯じゃない。郵便ポストに尚人君の野球帽を入れておいた。見てみろ」

日奈子は受話器を放り出すと、そばにいた英一に告げた。二人は玄関から走り出ると、郵便ポストの蓋を開けた。そこには尚人の小さな野球帽が入っていた。

二人は家の中に戻った。今度は英一が受話器を取り上げた。

「……息子を返せ」

「五百万円払ったら返してやる。あんたは医者だ、それぐらいすぐに用意できるだろう」

「……いつ、どこで払ったらいい？」

「明日までに金をボストンバッグに入れて用意しておけ。金を払う場所については、明日の午後二時に電話して知らせる。言っておくが、警察には絶対に通報するなよ。通報したら尚人君の命はない」

そして電話は切れた。

戸田夫妻は迷った末、警察に通報した。ただちに、警視庁捜査一課から誘拐や企業恐喝を専門に扱う特殊犯捜査係が派遣され、所轄の八王子警察署に捜査本部が設けられた。記者クラブに加盟するマスコミ各社とのあいだで報道協定が締結された。

戸田夫妻はJR八王子駅前の子安町で小さいながらも内科医院を営んでいた。犯人はそれを知っていて、戸田家が裕福だと考え、身代金誘拐に及んだ可能性が高かった。

午後一時過ぎ、特殊犯捜査係のメンバーのうち四人が、被害者対策班として戸田家を訪れた。直接訪れたのでは犯人に気づかれるかもしれないので、戸田家の裏の家の庭を通ってである。

被害者対策班は、翌日かかってくるはずの犯人からの電話に備えて、戸田家の電話に録音装置を取り付けた。また、三年前に日本電信電話公社が民営化されてできたNTTに捜査員が赴き、逆探知の用意をした。

この日、八月十四日は日曜日だったので、翌十五日月曜日の朝九時の開店と同時に英一が取引先の銀行に駆け込み、定期預金を一部解約して五百万円を下ろした。帰り道でボストンバッグを購入し、自宅に戻ると札束をボストンバッグに詰めた。

犯人が連絡すると言っていた午後二時になった。だが、電話は鳴らない。捜査員たちがじりじりしながら待っているとき、玄関のチャイムが鳴った。

日奈子が玄関に出ると、戸田家の左隣の家の主婦が怪訝そうな顔で立っていた。自宅に電話がかかってきて、おかしな声で「戸田さんをすぐに呼んでくれ」と言っているという。

被害者対策班はほぞを噬んだ。録音装置は戸田家の電話に接続した一台だけだから、隣家の電話に取り付けることはできない。犯人は自分の声が録音されることを恐れて一計を案じたのだ。

捜査員が隣家の主婦に、誘拐事件が発生していることを告げると、彼女は真っ青になった。英一は主婦に案内されて隣家に上がった。居間の電話の受話器を取り上げ、「父親だ」と名乗る。すると、例の奇妙な声が言った。

「あんたと奥さんの二人で、金を積んで車に乗れ。二時十五分までにJR西八王子駅前にある〈ホワイトロータス〉という喫茶店に来い。絶対に遅れるんじゃないぞ」

電話は切れた。英一は隣家の主婦に礼を言うのもそこそこに自宅に駆け戻った。捜査員に犯人の要求を伝える。

英一と日奈子はボストンバッグを持って、自家用車に乗り込んだ。後部座席の下に捜査員が一人潜む。捜査員は携帯無線機を持ち、捜査本部と常時連絡を取れるようにしていた。英一の運転で車は走り出した。

二時十五分ちょうどに〈ホワイトロータス〉に入ると、「戸田さんはいらっしゃいますか？　お電話が入っております」と言いながらウェイトレスが客席を回っていた。英一は名乗り出て、受話器を受け取った。

「戸田だ」

「何とか間に合ったようだな。では、次の連絡場所を言う。二時三十分までに京王高尾線めじろ台駅前にある〈シェ・ユウジ〉というレストランに来い」

英一は喫茶店を飛び出すと、日奈子と捜査員が待つ車に戻り、すぐに発進させた。

二時三十分ぎりぎりで〈シェ・ユウジ〉に着くと、同じことが繰り返された。犯人はある時刻までにある飲食店に行くことを指示し、そこに着くと、またある時刻までにある飲食店に行くことを指示するのだった。これは誘拐犯が警察の尾行の有無を探るためによくやる手段である。これを何度も繰り返したのちに、身代金の受け渡し場所を告げるのだ。

八軒目の〈パティスリー・デリス〉という洋菓子店でのことだった。

「事情が変わった。もう金は要らない。尚人君を解放してやる」

犯人はいきなりそう告げた。

「……本当か」

「ああ」

「尚人はどこにいるんだ?」

「青梅市黒沢二丁目にある〈池上雑貨店〉に行け。六時ちょうどにそこに電話をかけて、解放する場所を教える」

戸田夫妻は指示された〈池上雑貨店〉に車を走らせた。到着したのは五時四十三分。辺りは一面の畑だった。陳列された商品を眺めるふりをしていると、六時ちょうどになって店に電話がかかってきた。電話に出た店主が、訝しそうに「あんたが戸田さんかね」と訊く。英一がうなずくと、受話器を渡された。

「尚人君を解放する場所を教える。そこから北に向かって五百メートルほど進んだところに白い車が停まっている。そのトランクを開けてみろ。ただし言っておくが、白い車までは歩いていけ。車で行くんじゃないぞ。絶対にだ」

戸田夫妻は指示されたとおり、北に向かう道路を歩いた。五百メートルほど歩いたところに白い車が停められていた。運転席に人影はない。トランクに手をかけると、ロックされておらず、開いた。

そこに尚人が閉じ込められていた。意識を失っていたようだが、両親の呼びかけに応じて目を開け、父と母に向かって弱々しく手を差し伸べた。英一は息子の上半身を起こし、かき抱いた。

安堵したのか、衰弱していた尚人は再び気を失った。

五百メートルほど離れた車の中から様子をうかがっていた捜査員は、尚人が無事、戸田夫妻に保護されたようなのを見て、車を飛び出し戸田夫妻のところへ駆け寄った。人質が無事保護されたとの知らせは、ただちに捜査本部に伝えられた。

報道協定が解除され、記者会見が開かれた。捜査員たちは安堵したが、狐につままれたような思いであるのも確かだった。

犯人は、二度目に戸田夫妻に連絡する際、戸田家ではなく隣家に電話したり、身代金を積んだ車をあちこち移動させたりするなど、熟慮の上で犯行を進めている。それだけ慎重な犯人が、それまで行ってきたことをすべて無にして、身代金を受け取らないまま人質を解放したのはどういうわけなのか。

記者会見では、そのことについて捜査本部の見解を尋ねられたが、現在、捜査中ですと応えるしかなかった。

病院に搬送された尚人は、翌十六日の朝に目を覚ました。レントゲン検査や血液検査、医師による診察が行われたが、衰弱してはいるものの、それ以外に異常はなかった。

捜査員が尚人に質問した結果、尚人をさらったのは、色白で髪が長く、薄紫色の大きなサングラスをかけた女であることがわかった。水色のワンピースを着ていたと思われる。尚人の話では、お母さんより少し若いくらいとのことだったので、年齢は二十代後半から三十歳前後と推定された。ドアが四つある白い車に乗っていたという。おそらく、尚人が閉じ込められていた車だろう。

捜査本部は徹底的な捜査を進めた。

尚人が閉じ込められていた白い車は、事件前日、八月十三日の深夜に新宿で盗まれたものだった。助手席からは尚人の指紋が検出された。尚人をさらう際、助手席に乗せたときに付いたものだろう。だが、それ以外に車内に残っている指紋は、車の持ち主のものだけだった。犯人は自分の指紋を残さないよう細心の注意を払っていたらしい。車を盗まれたというのは嘘で、持ち主こそが犯人だったという可能性もあるので、念のために持ち主を調べたが、完璧なアリバイがあった。

犯人は、青梅市黒沢二丁目の畑のそばの道路に白い車を停めたあと、そのまま徒歩で、あるいは共犯者の車に乗って、現場を立ち去ったはずだ。だが、目撃証言は一つも得られなかった。

犯人は戸田家の隣人の電話番号や、さまざまな店舗の電話番号を知っていた。しかしこれは、個人名電話帳や職業別電話帳を少し調べればすぐにわかることなので、犯人を特定する手がかりにはならない。

犯人はボイスチェンジャーらしきものを用いて声を変えていたため、男か女かもわからなかった。録音されるのを恐れて、一回目の電話以外はすべて、録音できない電話にかけてきているので、録音した声を分析することもできない。

捜査本部は、戸田夫妻が営む戸田内科医院で、誘拐に至るようなトラブルがなかったかも調べた。戸田内科は開業二年目だった。近隣の訊き込みの結果では、特に悪い噂はなく、患者とのトラブルもない模様。

捜査本部は、戸田夫妻の親類縁者や友人・知人も捜査対象に含めた。誘拐事件では、被害者の親戚や知人を疑うのは捜査の鉄則である。その中に犯人がいることがしばしばあるからだ。

戸田夫妻は英一も日奈子もともに両親をすでに亡くしていた。ただ、日奈子は一人っ子で兄弟姉妹はいないが、英一には雄二という弟がいる。雄二は英一より十歳下で当時二十三歳、中央医科大学の五年生だった。両親が亡くなっているので、兄に学費を出してもらっているという。

雄二を調べてみると、八月十四日と十五日は高円寺の自分のアパートにずっといたと答えた。誰とも会わなかったという。アパートの住人に訊き込みをしたが、住人のほとんどは学生で、お盆で実家に帰省していたので、雄二が本当にアパートにいたかどうか証言できる者はおらず、アリバイは成立しなかった。ただ、もちろん証拠にはなり得ないが、このことは逆に誘拐事件の犯人でないことを証し立てているとも言えた。雄二が誘拐事件の犯人だったならば、白い車の女と共犯ということになるが、それならば、女が十四日の午前中に尚人をさらった際、雄二は確固たるアリバイを作っておいただろう。そうしてこそ共犯のメリットが生じる。しかし雄二にそうしたものはなく、共犯だとしたら、ずいぶん杜撰なやり口といえる。また、英一と雄二の兄弟仲は極めてよかったようで、雄二が甥の誘拐に関与した可能性は低いと思われた。念のため、雄二の友人や知人の中に、白い車の女の人相や年齢に合致する人物がいないか調べてみたが、一人もいなかった。

しかしやがて、白い車の女に合致する人物が浮かび上がった。佐川純代という二十八歳の女である。

捜査の過程で、尚人は養子であることがわかった。実母からの虐待の疑いで、尚人は一歳のときに児童養護施設に預けられた。子供ができない体質だった戸田夫妻が養子縁組を希望し、尚人を引き取った。

佐川純代は尚人の実母だった。ファッションモデルとして売り出していた二十二歳のときに妊娠して、翌年、未婚のまま尚人を出産。当時のファッション業界では、モデルは妊娠したら終わりという風潮が強かったうえに、未婚の母に対する風当たりも強かった。彼女は仕事をもらえなくなった。そして、実家と縁を切っていたので、実家の援助を受けることもなく、無職のまま独りで子育てをしていた。「嫌いな男に身を任せてこの子を産んだことが、自分の人生の転落の第一歩だった」と知人に語っていたという。そうした状況が虐待につながったと考えられた。

捜査本部は佐川純代の写真を入手して、尚人に見せた。すると尚人は、「僕をさらった女の人はこの人だよ」と証言した。

捜査本部はただちに佐川純代の現在の居場所を探した。だが、彼女の居場所は不明だった。佐川純代は尚人を手放したあと、モデルの仕事に再度挑戦したが、子供を虐待していたという噂が流れてどこも相手にしてくれなかった。夢を絶たれた彼女は自暴自棄になり、次から次へと男と同棲しては別れるという荒んだ生活を送っていたという。さらに、心の空白を満たすためか、クレジットカードで高額な買い物を繰り返し、三百万円を超える借金があった。三か月前からは同棲していた男の住まいを飛び出し、どこにいるかわからなくなっていた。

多額の借金を抱えていたことは、身代金誘拐をする有力な動機となる。また、尚人がいた児童養護施設を、事件の半年ほど前に佐川純代が訪れ、尚人の養子縁組先をしつこく訊いていったこともわかった。養子縁組先は秘密なので、施設は佐川純代に教えなかったという。だが、興信所を使えば調べることは可能だ。彼女は養子縁組先を突き止め、自分が産んだ子を人質にして身代金誘拐をもくろんだと思われる。捜査本部は彼女の逮捕状を取り、全国に指名手配した。彼女の転落の人生が、ワイドショーや週刊誌を賑わせた。

犯人は佐川純代で間違いないと思われるが、唯一わからないのは、なぜ、身代金の受け渡しを唐突に放棄し、尚人を解放したのかということだった。

この謎を解くには佐川純代を見つけ出し供述させるほかなかったが、彼女の行方は杳として知れず、十年の月日が流れ、一九九八年八月十四日午前零時、事件は公訴時効を迎えた――。

*

翌十九日の朝、出勤するとすぐに、聡は捜査書類を持って館長室を訪れた。

「昨日一日、事件の捜査書類を読んでみて、疑問点が二つ、見つかりました」

緋色冴子は大きな瞳を聡に向けた。

「何度も検討してみたか」

「はい」

「それでは、わたしも捜査書類にざっと目を通す。一時間後に来て、君の見つけた疑問点を話してくれ」

聡は捜査書類を緋色冴子の机の上に置いて、隣の助手室に戻った。ドアを閉めるときに振り返ると、彼女は信じられないほどの速度でページをめくっていた。いつも目にする光景だが、それでも驚かずにはいられない。どうやら彼女には、見たものをそのまま記憶に焼き付ける能力があるようなのだ。

ちょうど一時間後、聡はふたたび館長室を訪れた。

緋色冴子は無表情に何か考え込んでいた。分厚い捜査書類は閉じられて机の上に置かれている。すべて読んでしまったらしい。

「疑問点を話してくれ」

「第一点は、犯人が戸田尚人を解放するときに、〈池上雑貨店〉から尚人が閉じ込められている車まで戸田夫妻を歩かせたことです。犯人はなぜ、尚人が閉じ込められている車までの五百メートルほどの距離を、車ではなく歩いていけと指示したのでしょうか。

これが身代金の受け渡しなら、捜査員を近づけないために、受け渡し場所まで歩いていけと指示するのは理解できます。戸田夫妻の車の中に捜査員が潜んでいても、犯人の目を恐れて捜査員は外に出られない。その結果、捜査員は受け渡し場所から遠ざけられ、犯人が身代金を奪いやすくなるというメリットがあります。

しかし実際には、受け渡し場所ではなく、人質の監禁場所です。犯人が戸田夫妻の前に姿を見せる必要はなく、捜査員との距離を気にする必要もありません。だから犯人は、戸田夫妻に、尚人が閉じ込められている車のそばまで車で行かせても何の問題もなかったはずです。それなのに、犯人はなぜ、戸田夫妻に歩かせたのでしょうか」

「なるほど。疑問点の第二は？」

「第二点は、犯人が身代金の運搬役として、戸田夫妻のどちらか一人ではなく、二人とも指名したことです。通常、誘拐事件において、犯人が運搬役に指名するのは一人です。二人になれば、犯人が運搬役と顔を合わせたとき、力で圧倒される恐れがあり、コントロールしにくくなるからです。それなのに、犯人はなぜ、身代金の運搬役に夫妻の両方を指名したのでしょうか」

緋色冴子はしばらく黙っていた。俺が指摘した事件の疑問点は妥当なものだったのだろうか、と聡は不安に思った。それから、妥当なはずだ、と自分に言い聞かせた。昨晩、何度も検討した上で出した結論だ。

「君の指摘した二つの疑問点はもっともだ。この事件は優先的に再捜査するに値する」

聡はほっとした。

「ありがとうございます。戸田尚人も喜ぶと思います」

「君の友人ということだったな」

「はい。車のトランクに長時間閉じ込められていたことが、一種のPTSDになっています。狭い車内に身を置き、トランクの床に敷かれていたゴムのマットの臭いに曝されると、恐怖を覚えるのだそうです」

不意に雪女の目が細められた。

「――今、何と言った？」

「恐怖を覚える、と」

「その前だ」

「ゴムのマットの臭いに曝されると、ですか」

緋色冴子は長い間、黙っていた。やがて、ぽつりと言った。

「真相がわかった」

3

戸田内科医院は、八王子駅南口にほど近い、子安町の八階建てマンションの一階にあった。午後八時、緋色冴子と聡は、診察終了の札がドアに掛けられた医院を訪れた。

聡が、犯罪資料館の館長が真相を語りたいと言っていると尚人に電話すると、尚人は叔父の雄二とともに話を聞きたいと言った。そして、雄二の都合を聞いたうえで、診察と片付けを終えた午後八時に戸田内科医院に集まることになったのだった。

聡たちはがらんとした待合室に通された。看護師たちはすでに帰宅しているようだ。戸田雄二は四十代後半で中肉中背だった。眼差しは鋭いが、温和そうな口元が冷たくなりがちな印象を和らげている。動作も落ち着いていて安心感を与える。町の開業医としては打ってつけの風貌だった。

一方の尚人は、そわそわと落ち着きがなかった。再捜査をしてほしいと言い出したのに、今になってそれを後悔しているようにも見える。

雄二が言った。

「こんなところで申し訳ないが、自宅に来ていただくともっと時間が遅くなるのでね、ここで我慢してください。で、尚人から聞いたところでは、あなたたちは真相がわかったそうですね？」

はい、と緋色冴子は無表情に答えた。

「聞かせてください」

「結論から言いましょう。誘拐事件の犯人は、戸田夫妻と戸田雄二さんの三人です」

尚人が気色ばんだ。

「──父と母と叔父が犯人？　そんなわけがない。父と母が私を助け出してくれたときの心配と喜びの表情は芝居なんかじゃなく、本物でした」

雄二も言った。

「兄夫婦と私が誘拐事件の犯人というのはどういうわけです。あまりおかしなことを言うのはやめてもらいたい」

緋色冴子は尚人に目を向けた。

「ご両親があなたを助け出したときの心配と喜びの表情が本物であったことと、ご両親が誘拐事件の犯人であることとは矛盾しない。なぜなら、あなたの監禁事件と誘拐事件は、別々の出来事だったからです」

＊

「──別々の出来事？」

「そうです。佐川純代があなたの監禁事件を起こし、そのあと、ご両親があなたの誘拐事件を起こしたのです」

「どうしてそんなことがわかるんです」

「あなたの記憶からです」

「――私の記憶から？」

尚人は訝しげな顔をした。

「あなたが佐川純代に閉じ込められた車のトランクの床には、ゴムのマットが敷かれていて、その臭いがひどく鼻を突いたそうですね。そのせいであなたは、狭い車内に身を置き、ゴムのマットの臭いに曝されると、恐怖を覚えるようになった。そうですね」

「ええ、そうですが」

「一方、事件の捜査書類に含まれている、八月十五日にあなたが助け出された車のトランク内部を撮った現場写真を見ると、トランクの床には合成繊維で編まれたチェック柄のマットが敷かれている。あなたの記憶と現場写真とが食い違っているのです」

聡ははっとした。そのとおりだった。どうして今まで気がつかなかったのか。

「これはどういうことなのか。あなたが佐川純代に閉じ込められ、ご両親に助け出された車のトランクには、ゴムのマットが敷かれていた。一方、八月十五日にご両親があなたを助け出した車のトランクには合成繊維で編まれたマットが敷かれていた。ここから導かれるのは、ご両親に車のトランクから助け出されたときのあなたの記憶は、八月十五日にご両親があなたを車のトランクから助け出したときのものではないということです」

「八月十五日の記憶じゃない……？」

「そうです。では、いつの記憶なのか。八月十五日にご両親があなたを車のトランクから助け出したあと、意識のないあなたはただちに病院に運ばれ、翌十六日朝になってようやく目覚めた。ご両親に車のトランクから助け出されたときのあなたの記憶は、十六日朝に目覚めたときの記憶より前ですから、当然ながら十六日のものではない。

そして、八月十四日の午後一時過ぎ以降は、警察が戸田家に詰めてご両親と一緒にいたから、あなたの記憶にあるような出来事は起こりえない。あなたがご両親に車のトランクから助け出されたとき、夕暮れに近い空が見えたそうですから、十四日の午前中でもない。したがって、あなたがご両親に車のトランクから助け出されたときの記憶は、おそらく、十三日のものだったということになります」

「――私がトランクから助け出されたのは、誘拐事件より前だったというんですか？そんな馬鹿な」

「それが、トランクの床に敷かれたマットの食い違いから導き出される唯一の結論です」

「しかし、私がトランクから助け出されたのが誘拐事件の前だったなら、私は誘拐事件のあいだ、何をしていたんですか」

「眠らされていたのです。誘拐事件の前日、十三日に佐川純代の車のトランクから助け出され、そのあと十六日の朝に病院で目覚めるまで、ずっと」

「眠らされていた？　誰に？」

「ご両親にです。ご両親はあなたを麻酔剤で眠らせ、そのあいだに偽りの誘拐事件を起こしたのです」

「なぜ、そんなことを……」

「あなたに、監禁事件と誘拐事件を同一の出来事だと思わせるためです。ご両親はあなたに、監禁事件が起きたことを知ってほしくなかった。あくまでも誘拐事件だと思ってほしかったのです」

「しかしなぜ、監禁事件と誘拐事件を同一の出来事に見せたかったんです？」

「そうすることによって、監禁は身代金誘拐の一環として行われたのだと思わせることができます。実際には監禁は別の目的のために行われたのに、身代金誘拐のために行われたと見せかけて、監禁の真の目的を隠すことができます」

「監禁の真の目的……？」

「佐川純代は何のためにあなたをさらって車のトランクに監禁したのか。身代金のためではない。また、一緒に暮らすためとも思えない。一緒に暮らすためなら、車のトランクに閉じ込めるというひどい扱いはしないでしょう。佐川純代には一歳までのあなたを虐待した前科があったことを思えば、あなたに何らかの危害を加える目的だった可能性が高い」

「……何らかの危害？」

「例えば、殺すことです。佐川純代は、嫌いな男に身を任せてあなたを産んだことが、自分の人生の転落の第一歩だったと語っていたという。そして、事件の三か月前に姿を消す頃には、彼女はひどい生活を送っていた。とすれば、彼女が、自分の転落の第一歩と勝手に見なしていたあなたを殺そうと考えた可能性もある。しかし、直接、首を絞めたり刃物で刺したりすることはできそうにないと思った彼女は、トランクに閉じ込めて衰弱死させようとした」

尚人の顔が歪んだ。

「衰弱死させようと……？」

「もちろん、推測です。ここで、ご両親の観点から見てみましょう。あなたはその時点では佐川純代が実母だと知らなかったが、いずれそのことを知るでしょう。そして、彼女の写真を見て、それが自分をさらってトランクに閉じ込めた女であることに気づく。実母にトランクに閉じ込められて衰弱死させられそうになったと知ったら、息子はひどく傷ついてしまう――ご両親はそう思ったのです。だから、トランクの中に閉じ込められたという事実に別の意味を与えなければならない。衰弱死させるためではなく、ほかの目的のためだったのだと思わせなければならない。

しかし、そのような特異な記憶に、ほかにどのような意味を与えられるのか。ご両親は考えた末に、たった一つの手を思いついた――自分が身代金のために誘拐されていたのだとあなたに思わせることです。実母に殺されようとしたことよりは、実母に身代金誘拐されたことの方が、あなたが受ける衝撃はまだ少ないでしょう」

茫然として聞いていた尚人は、「そうですね」とうなずいた。

「実母がなぜ私を誘拐したのか、というわだかまりは残りましたが、実母が私を殺そうとしていたと知るよりは、衝撃はずっと少なかったと思います」

そこで尚人はふと気づいたように言った。

「ところで、父と母は、車のトランクに閉じ込められていた私を、どうやって見つけることができたんです？」

「想像するしかありませんが、佐川純代はあなたをトランクに閉じ込めたあと、ご両親に電話をかけてきたのかもしれない。ご両親に対する嫌がらせのつもりだったのでしょう。そのときに、自分がいる場所をほのめかした。ご両親はそれを手がかりに佐川純代の居場所を突き止め、車のトランクからあなたを助け出した」

「あの女は――佐川純代は、それを黙って見ていたんですか」

「そうは思えない。おそらく、ご両親は佐川純代と争いになり、彼女を殺してしまったと考えられる」

「殺してしまった……？」

尚人は目を見開いた。

「彼女は事件の三か月前から行方がわからなくなっていたという。おそらく、借金取りから逃れて車で転々とする生活を送っていたのでしょう。だから、彼女を殺して遺体をどこかに隠しても、発覚する恐れは少なかった」

「でまかせだ」

雄二が口を挟んだ。待合室の中を落ち着かないようにうろうろと歩き回っている。

「戸田夫妻は十四年前の八月十三日に奥多摩町のバスの転落事故で亡くなったそうですね。奥多摩町に行こうとしていたのは、戸田夫妻が二十六年前の八月十三日、そこに佐川純代の遺体を埋めたからではないでしょうか。さらに言えば、戸田夫妻は、毎年、彼女の遺体を埋めた場所に手を合わせに行っていたのではないでしょうか。戸田夫妻は、尚人さんが車に乗れなくなってしまったため、自家用車を手放したのでしょう。だから、奥多摩町へはバスで行くしかなかった。その途中で事故に遭うことになったのです」

「尚人、信じるな」

雄二が言ったが、尚人はその言葉も耳に入らないようだった。あまりの衝撃にからだが硬直してしまったようだ。緋色冴子は冷たく整った顔に何の表情も浮かべず、それを見ていた。

「話を戻します。戸田夫妻は、どのようにして、あなたに自分が誘拐されていたのだと思わせたらよいか考えたことでしょう。幼稚園児のあなたに、お前は誘拐されていたんだよと告げるだけでは充分ではない。将来に至るまで、あなたを騙さなければならない。そのためには、警察を介入させて、誘拐があったことを記録にしっかりと残さなければならない。

あなたを助け出した直後、ご両親は計画を一気に組み立てたのでしょう。まずは、助け出した直後に意識を失ったあなたに麻酔剤を注射し、さらに眠らせることにした。ご両親は職業柄、どれぐらいの麻酔剤を用いれば、生命の危険なく長時間眠らせておけるかよく知っていたはずです。そしてあなたを、戸田内科医院の一室にこっそりと寝かせた。その日は八月十三日で、医院はおそらくその日から夏休みに入っていたはずですから、看護師はおらず、見つかる心配はなかったでしょう。

ご両親は翌十四日から始まる偽装誘拐で自宅に詰めていなければならないので、尚人さんの世話をする人物が必要になる。その役割を務めたのが戸田雄二さんです」

うろうろ歩き回っていた内科医は、ぴたりと足を止めた。

「麻酔剤で眠らされている尚人さんの世話をするのは、不測の事態に対応できる医学知識の持ち主でなければならない。また、偽装誘拐の共犯という危険な役目を、戸田夫妻が雇用関係でしか結ばれていない看護師に任せたとは思えない。強固なつながりのある人間でなければならない。医学生であり、戸田英一さんの弟である雄二さんは、その役目にぴったりです」

「……違う」

「ご両親と雄二さんは、十三日の深夜、白い車を盗んでおいた。尚人さんをさらった女が乗っていた車だと見せかけるためのものです。

十四日、いよいよ偽装誘拐が始まります。息子を誘拐したという電話が正午前にかかってきたと警察に通報し、警察を介入させる。のちに通話記録を調べられたときのために、公衆電話かどこかから実際に戸田家に電話はかけたと思います。かけたのは雄二さんでしょう。しかしもちろん、脅迫の言葉を喋ったわけではない。一定時間、通話状態にしておいただけでしょう。

翌十五日の午後二時、雄二さんは戸田家の隣家にボイスチェンジャーで変えた声で電話をかけ、兄と、あらかじめ決めておいたやり取りを交わした。そのあとは、やはり決めておいた店に次々と電話をかけ、兄に向けて決めておいた台詞を喋った。そして、八軒目の店で、息子を解放する、と告げ、青梅市黒沢二丁目の雑貨店に行くように指示した。

雄二さんは眠ったままの尚人さんを盗んだ白い車に乗せ、自分も青梅市黒沢二丁目に向かった。助手席に尚人さんの指紋を付けることも忘れなかった。また、尚人さんはその車のトランクの中に二日間、閉じ込められていたということにするつもりなので、当然そこには失禁した跡がなければならない。そこで、尚人さんを戸田内科医院の一室にこっそりと寝かせているあいだにカテーテルで尿を採取しておき、それを尚人さんのズボンやパンツ、トランクの床に垂らしておいた。

青梅市黒沢の畑のそばの道路に到着すると、眠っている尚人さんを車のトランクに移し、雄二さんはその場を立ち去りました。そして、公衆電話から雑貨店に電話をかけ、兄に指示した。

戸田夫妻は『犯人』の指示に従って、車のトランクから尚人さんを『発見』し、偽装誘拐は終了しました。身代金の受け渡しが唐突に打ち切られたのは、それ以上続けるとそれだけ発覚のリスクが高まるのと、尚人さんを麻酔剤で眠らせる時間が長くなりすぎてからだに害を及ぼす可能性が出てくるからです。

尚人さんは、実際には十三日に佐川純代にさらわれ、その日の夕方に助け出された直後に意識を失い、そのまま麻酔で眠らされた。それを、十四日にさらわれ、十五日に助け出された直後に意識を失った——と思わされました。十三日にさらわれたのを十四日にさらわれたと見せかけるのですから、尚人さんの主観では一日飛ぶことになる。大人ならばおかしいとすぐに気がついたでしょう。しかし、当時の尚人さんはまだ幼稚園児で、日にちや曜日の感覚が曖昧だったでしょうし、夏休み中でさらに曖昧になっている。尚人さんが自分がさらわれた日の日付を十三日だと認識している可能性は低いとご両親は判断した」

尚人は遠い目になった。

「……確かに、当時の私は日にちや曜日の感覚が曖昧でした。十四日にさらわれたと聞かされたから、そう思っていたに過ぎない。本当はそれより前だったのかもしれない」

雄二は焦ったように髪をかきむしった。

「尚人、君まで何を言うんだ。この人が言っているのはただの妄想だ」

「尚人さんは十四日から十五日にかけて二日間、トランクに監禁されていたと思われていますが、実際には十三日の一日間です。人は真っ暗な空間に閉じ込められていると、時間感覚がおかしくなります。だから、監禁されていた日数の違いも、尚人さんに気づかれる恐れはありませんでした」

「いい加減なことを言わないでくれ」

緋色冴子は内科医の言葉を意に介する様子もなく続けた。

「ここにいる寺田君は、事件の疑問点を二つ指摘してくれました。事件の真相がこれまで述べたようなものだとすれば、これら二つの疑問点は解消します。

第一点。犯人は尚人さんを解放するとき、雑貨店から尚人さんが閉じ込められている車までご両親を歩かせている。犯人はなぜ、問題の車まで五百メートルほどの距離を、車ではなく歩いていけと指示したのか。

先ほど言ったように、佐川純代に車のトランクを開けられてトランクに閉じ込められていた尚人さんを発見したのはご両親だった。つまり、トランクを開けられて尚人さんが最初に見たのはご両親です。ご両親は尚人さんに、このときに誘拐の監禁場所から助け出されたと思わせようとしていた。したがって、誘拐事件において、車のトランクを最初に開けて尚人さんを発見したのはご両親だったという『事実』を残す必要があった。もし捜査員が最初にトランクを開けて尚人さんを発見したら、尚人さんの記憶と食い違いが生じてしまう。いずれ誘拐事件の詳しい記録を読む機会、あるいは報道などで知る機会があった場合に、尚人さんは必ず食い違いに気がつく。そこから、自分が車のトランクから助け出されたときの記憶は、誘拐事件でトランクから助け出されたときのものではないと気づいてしまうでしょう。したがって、トランクを開ける場面に捜査員を立ち会わせるわけにはいかない。

また、監禁事件において尚人さんがトランクから助け出されたとき、尚人さんは束の間意識を取り戻し、ご両親の顔を見ている。一方、誘拐事件においては、麻酔で眠らせた尚人さんを発見の直前にトランクに寝かせたので、当然ながら尚人さんには意識がない。もしトランクを開ける場面に捜査員が立ち会ったら、意識のない尚人さんを発見することになる。それもまた、トランクから助け出されたときの尚人さんの記憶と食い違うことになる。それを防ぐためにも、トランクを開ける場面に捜査員を立ち会わせるわけにはいかない。

もしご両親が問題の車のすぐそばまで車で行ったら、後部座席に潜んでいる捜査員はすぐに外に出ることができ、トランクを開ける場面に立ち会う可能性がある。だからご両親は、問題の車まで徒歩で行くように、という犯人の指示を作り出したのです。そうすれば、後部座席に残された捜査員は犯人の目を恐れて外に出ることができないから、ご両親がトランクを開ける場面に捜査員が立ち会うことはなく、尚人さんの記憶とのあいだに食い違いが生じる恐れはない。

次は、第二の疑問点です。犯人は身代金の運搬役として、ご両親のどちらか一人ではなく、二人とも指名したが、これはなぜなのか。

それも、監禁事件において尚人さんをトランクから発見したのがご両親だったからです。尚人さんは自分がトランクから助け出されたとき、父と母が二人揃っていたのを憶えている。それと食い違いが生じないためには、誘拐事件においても尚人さんをトランクから発見するのはご両親でなければならない。

要するに、監禁事件で尚人さんを発見したのと同じ状況を誘拐事件で作ろうとしたために、誘拐事件での尚人さんの発見の場面が不自然さを抱え込むことになったのです」

聡は、自分が抱いた疑問点が見事に説明されたことに感嘆した。自分は、疑問点を見出すことはできても、それを分析して真相を見破る手がかりとすることができない。悔しいが、捜査員としての力量の差を見せつけられた思いだった。

「叔父さん、どうなんですか。緋色警視の推理は本当なんですか」

尚人がすがるように雄二を見た。内科医は答えなかった。

「本当のことを話してもらえませんか。もし緋色警視の推理が本当なら、父と母と叔父さんは、俺のために大変な犠牲を払ってくれたことになる。それにはとても感謝しています。だけど、俺は本当のことを知りたいんです。俺のためを思って隠しごとをしているなら、本当のことを教えてくれませんか」

雄二は待合室のソファにどすんと腰を下ろした。その顔には疲労の色が濃く浮かんでいる。長いあいだ黙っていたが、やがて静かに口を開いた。

「……わかった。本当のことを話そう。緋色警視の推理は、ほとんどの点で合っている」

「そうだったんですか……」

尚人は視線を宙にさまよわせた。

自分の推理がほとんどの点で合っていると言われても、緋色冴子の顔には何の変化もなかった。低い声で雄二に問いかけた。

「わからない点があるので、教えてください。戸田夫妻が佐川純代を殺害した状況はどのようなものでしたか」

「佐川純代は興信所を使って、尚人の養子縁組先が兄夫婦のところであることを突き止めていた。そして、愚痴とも嫌がらせともつかない電話を何度もかけてきたり、実際に兄夫婦の家に押し掛けてきたりしたこともあったという。兄夫婦はそのたびに彼女をなだめすかしていた。人のいい兄夫婦は、心配しながらも、彼女が立ち直れるように援助しようとまで考えていた。

ところが、八月十三日の朝、佐川純代は自分の車で尚人をさらい、兄の家に電話をかけてきた。ちょうどそのとき、私は兄夫婦の家を訪れたんだ。受話器に向かって話す兄の顔が真っ青なので、電話を切ったあと、どうしたのかと訊いた。そして、佐川純代が奥多摩湖畔に来るように要求していることを教えられた。警察には絶対に知らせるなと言っているという。自分は尚人を車のトランクに閉じ込めている、警察官の姿が見え次第、車ごと湖に飛び込む、と。私は警察に通報するよう言ったが、兄夫婦は聞き入れず、これからすぐに奥多摩湖へ行くという。だが、兄夫婦はあまりに動揺していて、車の運転などとうていできそうになかった。だから、私が運転して兄夫婦を奥多摩湖まで連れていくことにした……」

尚人は茫然として聞いていた。

「……彼女が指定したのは奥多摩湖畔でもとりわけ辺鄙（へんぴ）な場所で、周りに人家はなかった。私たちが着いたときは午後六時を回っていて、人も車も通らなかった。白い車がそこに停まっていた。彼女の車だった。車から出てくると、彼女はけたたましく笑った。あたしにはもう何の夢もない、あの子のせいよ、と叫んだ。兄は土下座して、尚人を解放してくれと頼んだ。だが、彼女は首を横に振って、あの子のせいであたしはこんなことになったのに、あの子はあんたたちに育てられてすくすくと成長する、あまりに不公平よ、と言った。君が立ち直れるように援助する、だから落ち着くんだ、と兄はなだめた。しかし彼女は聞かなかった。あの子も、あの子を引き取ったあんたたちも嫌いだ、目茶目茶にしてやる、そう叫んで、いきなり自分の車に飛び乗った……」

「湖に車ごと飛び込んで、尚人さんと無理心中しようとしたのですね」

緋色冴子の言葉に、雄二はゆっくりとうなずいた。この点だけは、緋色冴子の推理は間違っていた。佐川純代は実の子を衰弱死させようとしたのではなく、無理心中しようと考えていたのだ。

「……あまりに急な出来事で私も日奈子さんも動けなかったが、兄は違った。佐川純代がやろうとしていることを一瞬で理解して、自分もドアを開けて彼女の車に乗り込んだんだ。そして、暴れる彼女を押さえつけた。気がつくと、彼女は動かなくなっていた。彼女を押さえるため首にかけた手が、彼女を窒息させてしまっていた。私たちは彼女のからだを急いで車から降ろした。私が彼女を蘇生させようと人工呼吸や心臓マッサージをしているあいだ、兄夫婦は車のトランクを開けて、閉じ込められていた尚人を助け出した。尚人は意識を失っていたが、呼びかけに対して、ほんの束の間目を開け、すぐにまた気を失った」

「俺がトランクから助け出されたとき、そんなことが起きていたんですね……」

　尚人が震える声で言った。

「……佐川純代は結局、蘇生しなかった。兄は自首すると言った。だが、私はそれを止めた。兄さんには何の落ち度もないのに、自首する必要なんてない、と言ったんだ。それより、尚人の記憶のことを心配する必要がある。尚人は佐川純代の顔を覚えている。いずれ彼女が実母だと知ったら、実母に殺されかけたことを悟るだろう。そうしたらひどく傷つくはずだ。そうならないために、手を打たなくちゃならない……。そう言って、とっさに思いついた、監禁を誘拐に見せかけるという計画を提案した」

「じゃあ、叔父さんがあの計画を考えたんですか……」

　雄二は自嘲するように笑った。

「尚人の記憶のことを心配する必要があるなんて言ったが、口実だったんだよ。本当は、に学費を出してもらっていた。兄が自首したら、医院は畳まざるをえないだろう。そうしたら、学費を出してもらえなくなる。そうならないためには、兄を自首させてはならない。だから、尚人の記憶のことを心配する必要があるなんて言ったんだ。兄が自首しようという考えを抱かないように、全力で偽装誘拐に取り組むように、私はできるだけ綿密な計画を練り上げた。尚人、君は、兄と日奈子さんが亡くなったあと、私が高校と大学の学費を出したことを感謝していたが、とんでもない、感謝しなければならないのは私の方だ。私は、兄が私にしてくれたことを君にしただけなんだよ」

尚人は何か言おうとしたが、言葉にならなかった。

「私たちは佐川純代の遺体を車に戻し、車を湖に落とした。夕闇の迫る中、車がゆっくりと沈んでいった光景は、今でも目に焼き付いている……。兄は、自首しなかったことをずっと悔やんでいた。そして毎年、佐川純代の命日に、夫婦二人で奥多摩湖に手を合わせに行っていたんだ。ところが、十四年前、バスの事故で亡くなってしまった。それをきっかけに私はこの医院を継いだ。結局、今の私はあの事件のおかげであるようなものなんだ……」

尚人が緋色冴子を見た。

「叔父は刑事罰に問われるのですか」

いいえ、と雪女は無表情に答えた。

「戸田夫妻と雄二さんの行為は狂言誘拐だから、刑法第二二五条の二――身代金目的の誘拐罪は成立しません。軽犯罪法第一条の虚偽申告罪に該当しますが、これは短期間の拘留または罰金で済む軽いもので、とうの昔に時効が成立しています。また、佐川純代を殺害していたとしても、殺人罪の時効は十五年後の二〇〇三年に成立している。刑事罰に問われることはありません」

よかったです、と尚人は呟いた。

「俺のために大変な犠牲を払ってくれたのに、罪に問われたら申し訳ない」

雄二は苦しそうに言った。

「君のお父さんとお母さんは、君の記憶を守るために、君に真実を知らせないために、犠牲を払った。それなのに結局、私はこうして君に真実を話してしまった。君のお父さんとお母さんの努力を無にしてしまったんだ」

「いえ、そんなことはありません。父と母と叔父さんは、俺に二十六年もの時間をくれました。強くなる時間を。俺はもう真実に耐えられるほど強いですよ」

そして、緋色冴子に問いかけた。

「佐川純代の――実母の遺体を引き揚げたいんです。どこにお願いしたらいいんでしょうか」

「奥多摩湖を管轄している東京都水道局が作業を行うことになるでしょう。あとで雄二さんかあなたに費用を請求するはずです。雄二さんの場合は、民事訴訟を起こされる可能性もある」

「全部、俺に負担させてください。もし叔父が訴えられても、費用は俺が負担します。実母をきちんと弔いたいんです」

それが、父と母が願ったことでもあるはずですから、と尚人は言った。

初出一覧
夕暮れの屋上で　「別冊文藝春秋」二〇一六年九月号
連火　「オール讀物」二〇二一年七月号
死を十で割る　「別冊文藝春秋」二〇一七年三月号
孤独な容疑者　「オール讀物」二〇二〇年七月号
記憶の中の誘拐　「別冊文藝春秋」二〇一七年十一月号

本書は文春文庫オリジナルです。

デザイン　関口聖司
DTP制作　エヴリ・シンク

〈参考文献〉
『放火犯が笑ってる　放火の手口と消防・警察の終わりなき戦い』
（木下慎次著　イカロス出版）
『捜査心理学』（渡辺昭一編　北大路書房）

解　説

佳多山大地

あのクールビューティな名探偵、緋色冴子が帰ってきた！

本書『記憶の中の誘拐　赤い博物館』は、警視庁付属犯罪資料館の女主人たる緋色警視が未解決事件の再捜査を行う〈赤い博物館〉シリーズ第二集にあたる。二〇一五年に刊行されたシリーズ開幕の書『赤い博物館』は極めてトリッキーな趣向が凝らされた謎解き小説集で、二〇一六年版「本格ミステリ・ベスト10」の国内ランキング第六位に食い込む好評を得ると、「犯罪資料館　緋色冴子シリーズ『赤い博物館』」のタイトルで二度にわたりTVドラマ化された（TBS系「月曜名作劇場」にて）。松下由樹演じる緋色館長は原作の「雪女」ふうのイメージと重ならない印象は否めなかったが、いずれも刑事ドラマとしては非常に高品位の仕上がりだった。話が先走るけれど、このシリーズ第二集のなかでは「連火」や表題作の「記憶の中の誘拐」あたりがすこぶる映像化に向いていると思うので、ぜひTVドラマシリーズのほうも続行してほしい。

そんな〈赤い博物館〉シリーズの著者、大山誠一郎は、令和の今もっとも注目を集めるミステリ作家の一人である。綾辻行人や法月綸太郎、我孫子武丸ら多くのミステリ作家を輩出してきた京都大学推理小説研究会出身の大山は、まず翻訳家として本邦ミステリ界に登場して間もなく、電子書籍販売サイトe-NOVELSや鮎川哲也監修の公募アンソロジー『新・本格推理』で短篇の意欲作を発表すると、二〇〇四年に『アルファベット・パズラーズ』を上梓して本格的に小説家デビューを果たす。時空を超える不老の名探偵が密室事件の解決に乗り出す『密室蒐集家』（二〇一二年）で第十三回本格ミステリ大賞を獲得し斯界に確かな地歩を築くと、浜辺美波主演のTVドラマシリーズ（テレビ朝日系）も制作された『アリバイ崩し承ります』（一八年）や周囲の人間の推理力を向上させる特殊能力者が登場する『ワトソン力（りょく）』（二〇年）など、寡作ながらミステリファンの期待を裏切らない秀作を発表し続けている。いまや「大山誠一郎」の名は、それだけで〝買い〟と決めていい、信頼と実績あるブランドだ。

　おそらく今、書店の〝文庫新刊棚〟からこの本を見つけて巻末解説に目をとおしている読者（あなた）は、すでにシリーズ第一集『赤い博物館』を愉しまれた向きだろう。そんなあなたは、文春文庫オリジナルで刊行される第二集『記憶の中の誘拐』を、さっそくレジに持っていくのが正解だ。まこと充実の中身は第一集に勝るとも劣らない――いや、個人的にははっきりミステリとしての凄味が増したと太鼓判を押す第二集をぜひとも味わい尽くされますよう！　先の第一集では勤務先である犯罪資料館から一歩も出ずに事件を解決する安楽椅子探偵（アームチェア・ディテクティブ）を決め込んでいたヒロインだが、意外やこの第二集では元捜査一課刑事の〝頼れる助手〟寺田聡（てらださとし）とともに再捜査の聞き込みや容疑者との直接対決の場に赴くなど行動に変化があるのも新鮮だ。ネタばらしにならないよう注意を払って、第二集収録の各篇を紹介していこう。

第一話「夕暮れの屋上で」

卒業式のリハーサルが行われた日の放課後、校舎の屋上で悲劇は起こった。もうすぐ離ればなれになる「先輩」への募る想いを伝えた女子高生は憐れ、生きて屋上を出ることはない。警察の疑惑の目は、美術部の三人の三年生に集中するが……。

読者は二十三年前に発生した〝屋上の悲劇〟の証人と等しい。かすかに屋上から聞こえる少女の声を耳にした清掃業者と同じ条件にあるのを意識することが犯人探しのヒントになるだろう。物語の結末で、当時は容疑者の一人だった四十男の、それなりに幸せと信じていたはずの日常に入る深い罅(ひび)に身震いすること必至。

第二話「連火」

神出鬼没の放火魔は、標的にした住宅は跡形なく燃やしても、火をつけてすぐ「火事だ。逃げろ」と電話を掛けて死人は出さない。というのも放火魔の目的は、火災をきっかけに現場にあらわれるはずの「あの人」に会いたいがためで……。

それを起こせば特定の人に会える——ミステリにおける伝統の一形式と認めていい〈八百屋お七〉パターンの新機軸に挑んだ作品。家を焼かれた被害者の聞き込みに同行した緋色館長が、いかにも古典的な名探偵らしく〝おかしな質問〟をどの被害者にも投げかけるのにニヤリとさせられる。放火魔の待ち人は、じつに意外な場所に身を持していた。

第三話「死を十で割る」

被害者男性の死体は、十個の部位にバラバラにされていた。首と胴は離れ、両腕は肩口と肘のところ、両足は股(もも)と膝のところでそれぞれ切断されている。何の因果か被害者の妻は、夫の死体発見の前日、電車に飛び込んで非業の死を遂げており……。

死体がバラバラにされるのは大抵、非力な者がそれを遺棄しやすくするため。しかし胴体部分を運べるだけの力があるなら、腕や足をわざわざ二分割する必要はなかったはずである。事件解決の焦点は、死体をバラバラにした理由探し(ホワイダニット)。人は、利己的に振る舞うときよりも、利他的と信じて行動するときのほうが残酷になれる生き物だ。

第四話「孤独な容疑者」

今から二十四年前、商社マンだった「私」は少なからぬ金を借りていた同僚男性を殺害し、まんまと罪を逃れた。犯行後、偽のダイイング・メッセージを残して、警察の捜査を混乱させたことも功を奏したようで――。

第一話「夕暮れの屋上で」と同様、冒頭のプロローグ的な「1」章に巧妙な罠(ミスディレクション)は仕掛けられている。物語の中盤、きっと読者は混乱するだろう。突発的に同僚を殺めた「私」に、なぜかアリバイが成立していることに。第二話「連火」もそうだが、事件の陰(かげ)に事件あり、というのは作者の作劇上の得手のひとつといえる。

第五話「記憶の中の誘拐」

五歳の少年が人質に取られた営利誘拐事件が発生！　ところが、なぜか犯人は途中で身代金五百万円の受け渡しを放棄し、人質を解放した。なおも捜査を続ける警察は、容疑者の「白い車の女」が、少年の生みの親だったと断定し……。

少年の養父母が身代金の運搬役に指名された誘拐事件について、読者はまず助手の寺田青年と一緒に疑問点探しをする愉しみがある。実の母が、一度は捨てたわが子を連れ去ったのは、本当に金が目的だったのか？　幼少のころの曖昧な記憶を探るこの短篇をしたためるのに、おそらく作者は連城三紀彦の傑作「白蓮の寺」（一九八〇年刊『戻り川心中』所収）を意識したはずである。どちらの作品も、最後にくっきりと、もの狂おしく浮かび上がるのは、生母の生々しい実像だ。

――思うに、大山誠一郎はずっと、ミステリにおいて濫用が戒められてきた偶然なるものの効用にこだわってきた作家だ。然してそのこだわりは、この〈赤い博物館〉シリーズ第二集でひとつの達成を見たと評していいだろう。本書において〈偶然〉は、謎を生み出すエンジンとして機能し、プロットの要になっている。清掃業者が屋上の声だけを偶然漏れ聞いたこと。放火魔が自分の待ち人を探すのに、偶然にも相応しい職業に就いていたこと。ひと組の夫婦の、夫が殺されるのと妻が自らを殺すタイミングが、偶然接近してしまったこと。殺人の被害者が殺される直前に偶然、右肩を捻挫して痛めたこと。攫われた少年の養父が偶然にも開業医であったこと……。代表作と目される『密室蒐集家』にせよ、当シリーズ第一集『赤い博物館』にせよ、犯人が弄するトリックの成立のため都合よく偶然が働いたり、またそのために人の動きが不自然に見えるきらいがあったが、この『記憶の中の誘拐』にはそうした無理がなく、偶然の利き目から人の隠れた妄念こそが浮き彫りになるのだ。

人生を〈偶然〉が手引きする。――いや、人の一度こっきりの人生で起こることは、どれほど信じがたいようなことであっても、起こる者の身にとっては残酷だが〈必然〉の出来事と受けとめざるをえないのではないか？　そのとき、それを〈運命〉だと捉えることは、すでに狂気に傾いているのかもしれない……。ヒロインの緋色冴子もまた〝犯罪の象牙の塔〟に運命的に囚われた者のようであることを思うと、彼女がこのシリーズ第二集で毎回出掛けていたのは自分に似た人に会うためだったのではないだろうか。

（ミステリ評論家）

文春文庫

定価はカバーに表示してあります

記憶の中の誘拐（きおくのなかのゆうかい）
赤い博物館（あかいはくぶつかん）

2022年1月10日　第1刷

著　者　大山誠一郎（おおやませいいちろう）
発行者　花田朋子
発行所　株式会社　文藝春秋

東京都千代田区紀尾井町 3-23　〒102-8008
TEL　03・3265・1211㈹
文藝春秋ホームページ　http://www.bunshun.co.jp
落丁、乱丁本は、お手数ですが小社製作部宛お送り下さい。送料小社負担でお取替致します。

印刷製本・凸版印刷

Printed in Japan
ISBN978-4-16-791813-2

（　）内は解説者。品切の節はご容赦下さい。

恩田　陸
木洩れ日に泳ぐ魚
アパートの一室で語り合う男女。過去を懐かしむ二人の言葉に、意外な真実が混じり始める。初夏の風、大きな柱時計、あの男の背中。心理戦が冴える舞台型ミステリー。（鴻上尚史）
お-42-3

恩田　陸
夜の底は柔らかな幻（上下）
国家権力の及ばぬ〈途鎖国〉。特殊能力を持つ在色者たちがこの地の山深く集う時、創造と破壊、歓喜と惨劇の幕が切って落とされる！　恩田ワールド全開のスペクタクル巨編。（大森　望）
お-42-4

恩田　陸
終りなき夜に生れつく
ダークファンタジー大作『夜の底は柔らかな幻』のアナザーストーリーズ。特殊能力を持つ「在色者」たちの凄絶な過去が語られる。至高のアクションホラー。（白井弓子）
お-42-6

大山誠一郎
密室蒐集家
消え失せた射殺犯、密室から落ちてきた死体、警察監視下で起きた二重殺人。密室の謎を解く名探偵・密室蒐集家。これぞ究極の密室ミステリ。本格ミステリ大賞受賞作。（千街晶之）
お-68-1

大山誠一郎
赤い博物館
警視庁付属犯罪資料館の美人館長・緋色冴子が部下の寺田聡と共に、過去の事件の遺留品や資料を元に難事件に挑む。超ハイレベルで予測不能なトリック駆使のミステリー！（飯城勇三）
お-68-2

太田紫織
あしたはれたら死のう
自殺未遂の結果、数年分の記憶と感情の一部を失った遠子。その時に亡くなった同級生の少年・志信と自分はなぜ死を選んだのか――遠子はSNSの日記を唯一の手がかりに謎に迫るが。
お-69-1

太田紫織
銀河の森、オーロラの合唱
地球へとやってきた、慈愛あふれる宇宙人モーンガータ（見た目はほぼ地球人）。オーロラが名物の北海道陸別町で宇宙人と暮らす日本の子どもたちが出会うちょっとだけ不思議な日常の謎。
お-69-2

（　）内は解説者。品切の節はご容赦下さい。

川端裕人
夏のロケット
元火星マニアの新聞記者がミサイル爆発事件を追ううち遭遇する高校天文部の仲間。秘密の町工場で彼らは何をしているのか。ライトミステリーで描かれた大人の冒険小説。（小谷真理）
か-28-1

垣根涼介
午前三時のルースター
旅行代理店勤務の長瀬は、得意先の社長に孫のベトナム行きの付き添いを依頼される。少年の本当の目的は失踪した父親を探すことだった。サントリーミステリー大賞受賞作。（川端裕人）
か-30-1

垣根涼介
ヒート アイランド
渋谷のストリートギャング雅（みやび）の頭（ヘッド）、アキとカオルは仲間が持ち帰った大金に驚愕する。少年たちと裏金強奪のプロフェッショナルたちの息詰まる攻防を描いた傑作ミステリー。

か-30-2

垣根涼介
ギャングスター・レッスン
ヒート アイランドII

渋谷のチーム「雅」の頭、アキは、チーム解散後、海外放浪を経て、裏金強奪のプロ、柿沢と桃井に誘われその一員に加わる。『ヒート アイランド』の続篇となる痛快クライムノベル。

か-30-4

垣根涼介
サウダージ
ヒート アイランドIII

故郷を捨て過去を消し、ひたすら悪事を働いてきた一匹狼の犯罪者と、コロンビアからやって来た出稼ぎ売春婦。ふたりは大金を摑み、故郷に帰ることを夢みた。狂愛の行きつく果ては——。

か-30-3

垣根涼介
ボーダー
ヒート アイランドIV

〈雅〉を解散して三年。東大生となったカオルは自分たちの名を騙ってファイトパーティを主催する偽者の存在を知る。過去の発覚を恐れたカオルは、裏の世界で生きるアキに接触するが。

か-30-5

加納朋子
螺旋階段のアリス
憧れの私立探偵に転身を果たしたものの依頼は皆無、事務所で暇をもてあます仁木順平の前に、白い猫を抱いた美少女・安梨沙が迷いこんでくる。心温まる7つの優しい物語。（藤田香織）
か-33-6

（　）内は解説者。品切の節はご容赦下さい。

加納朋子
虹の家のアリス
心優しき新米探偵・仁木順平と聡明な美少女・安梨沙。『不思議の国のアリス』を愛する二人が営む小さな事務所に持ちこまれる6つの奇妙な事件。そして安梨沙の決意とは。（大矢博子）
か-33-7

香納諒一
贄（にえ）の夜会（上下）
《犯罪被害者家族の集い》に参加した女性二人が惨殺された。容疑者は少年時代に同級生を殺害した弁護士！　サイコサスペンス＋警察小説＋犯人探しの傑作ミステリー。（吉野　仁）
か-41-1

桂　望実
エデンの果ての家
母が殺された——葬儀の席で逮捕されたのは僕の弟だった。「理想の家庭」で疎外感を味わう主人公の僕は、真相を求めて父と衝突を繰り返すが……。渾身の「魂のミステリ」。（瀧井朝世）
か-43-3

門井慶喜
天才たちの値段　美術探偵・神永美有
美術講師の主人公と、真贋を見分ける天才の美術コンサルタント・神永美有のコンビが難題に取り組む五つの短篇。ボッティチェッリ、フェルメールなどの幻の作品も登場。（大津波悦子）
か-48-1

門井慶喜
天才までの距離　美術探偵・神永美有
黎明期の日本美術界に君臨した岡倉天心が、自ら描いたという仏像画は果たして本物なのか？　神永美有と佐々木昭友のコンビが東西の逸品と対峙する、人気シリーズ第二弾。（福井健太）
か-48-2

門井慶喜
注文の多い美術館　美術探偵・神永美有
榎本武揚が隕石から作ったという流星刀や支倉常長が持ち帰ったローマ法王の肖像画、京都から出土した〝邪馬台国の銀印〟は本物か？　大好評のイケメン美術探偵シリーズ！（大崎　梢）
か-48-5

門井慶喜
キッドナッパーズ
その犯罪者は、なぜか声が甲高く背は低く……オール讀物推理小説新人賞受賞の誘拐ミステリー「キッドナッパーズ」ほか、楽しく機知に富んだ単行本未収録ミステリー集。（宇田川拓也）
か-48-6

北村　薫
街の灯
昭和七年、士族出身の上流家庭・花村家にやってきた若い女性運転手〈ベッキーさん〉。令嬢・英子は、武道をたしなみ博識な彼女に魅かれてゆく。そして不思議な事件が……。（貫井徳郎）
き-17-4

北村　薫
玻璃（はり）の天
ステンドグラスの天窓から墜落した思想家の死は、事故か殺人か――表題作「玻璃の天」ほか、ベッキーさんの知られざる過去が明かされる、『街の灯』に続くシリーズ第二弾。（岸本葉子）
き-17-5

北村　薫
鷺（さぎ）と雪（ゆき）
日本にいないはずの婚約者がなぜか写真に映っていた。英子が解き明かしたそのからくりとは――。そして昭和十一年二月、物語は結末を迎える。第百四十一回直木賞受賞作。（佳多山大地）
き-17-7

北村　薫
中野のお父さん
若き体育会系文芸編集者の娘と、定年間近の高校国語教師の父。娘が相談してくる出版界で起きた「日常の謎」を、父は抜群の知的推理で解き明かす！　新名探偵コンビ誕生。（佐藤夕子）
き-17-10

北村　薫
水に眠る
同僚への秘めた思い、途切れた父娘の愛、義兄妹の許されぬ感情……。人の数だけ、愛はある。短編ミステリーの名手が挑む十篇の愛の物語。有栖川有栖ら十一人による豪華解説を収録。
き-17-11

貴志祐介
悪の教典（上下）
人気教師の蓮実聖司は裏で巧妙な細工と犯罪を重ねていたが、綻びから狂気の殺戮へ。クラスを襲う戦慄の一夜。ミステリー界の話題を攫った超弩級エンターテインメント。（三池崇史）
き-35-1

喜多喜久
プリンセス刑事（デカ）
女王の統治下にある日本で、王女・白桜院日奈子がなんと刑事になった！　血が苦手な若手刑事とのコンビで挑むのは、凶悪な連続〝吸血〟殺人！　二人は無事に犯人を逮捕できるのか？
き-46-1

（　）内は解説者。品切の節はご容赦下さい。

喜多喜久
プリンセス刑事（デカ）　生前退位と姫の恋

女王統治下にある日本で、刑事となったプリンセス日奈子。女王が生前退位を宣言し、王室は大混乱に陥る。一方ではテロが相次ぎ――。日奈子と相棒の芦原刑事はどう立ち向かうのか。

き-46-2

黒川博行
文福茶釜

剝いだ墨画を売りつける「山居静観」、贋物はなんと入札目録「宗林寂秋」、マンガ世界の贋作師を描く表題作「文福茶釜」など全五篇。古美術界震撼のミステリー誕生！（落合健二）

く-9-6

黒川博行
煙霞（えんか）

学校理事長を誘拐した美術講師と音楽教諭。馘首の噂に踊らされ、正教員の資格を得るための賭けに出たが、なぜか百キロの金塊が現れて事件は一転。ノンストップミステリー。（辻　喜代治）

く-9-9

黒川博行
離れ折紙

失われた名画、コレクターの愛蔵品、新発見の浮世絵、折紙つきの名刀…。幻の逸品をめぐる騙しあいを描き、人間の尽きることない欲望をあぶり出す傑作美術ミステリ。（柴田よしき）

く-9-12

黒川博行
後妻業

結婚した老齢の相手との死別を繰り返す女・小夜子と、結婚相談所の柏木につきまとう黒い疑惑。高齢の資産家男性を狙う〝後妻業〟を描き、世間を震撼させた超問題作！（白幡光明）

く-9-13

倉知　淳
片桐大三郎とXYZの悲劇

元銀幕の大スター・片桐大三郎の趣味は、犯罪捜査に首を突っ込む事。その卓越した推理力で、付き人の乃枝と共に事件に迫る。絶妙なコンビが活躍するコミカルで抱腹絶倒のミステリー。

く-40-1

櫛木理宇
鵜頭川村事件（うずかわむらじけん）

亡き妻の故郷・鵜頭川村へ墓参りに三年ぶりに帰ってきた父と幼い娘。突然の豪雨で村は孤立し、若者の死体が発見される。狂乱に陥った村から父と娘は脱出できるのか？（村上貴史）

く-41-1

今野 敏(びん)
曙光の街
元KGBの日露混血の殺し屋が日本に潜入した。彼を迎え撃つのはヤクザと警視庁外事課員。やがて物語は単なる暗殺事件から警視庁上層部のスキャンダルへと繋がっていく！（細谷正充）
こ-32-1

今野 敏
白夜街道
外務官僚が、ロシア貿易商と密談後に変死した。警視庁公安部の倉島警部補は、元KGBの殺し屋で貿易商のボディーガードとなったヴィクトルを追ってロシアへ飛ぶ。緊迫の追跡劇。
こ-32-2

今野 敏
凍土の密約
公安部でロシア事案を担当する倉島警部補は、なぜか殺人事件の捜査本部に呼ばれる。だがそこで、日本人ではありえないプロの殺し屋の存在を感じる。やがて第2、第3の事件が……。
こ-32-3

今野 敏
アクティブメジャーズ
「ゼロ」の研修を受けた倉島に先輩公安マンの動向を探るオペレーションが課される。同じころ、新聞社の大物が転落死した。二つの事案は思いがけず繋がりを見せ始める。シリーズ第四弾。
こ-32-4

今野 敏
防諜捜査
ロシア人ホステスの轢死事件が発生。事件はロシア人の殺し屋による暗殺だという日本人の証言者が現れた。ゼロの研修から戻った倉島は、独自の〝作業〟として暗殺者の行方を追う！
こ-32-5

近藤史恵
インフルエンス
友梨、里子、真帆。大阪郊外の巨大団地に住む三人の少女は不可解な殺人事件で繋がり、罪を密かに重ね合う。三十年後明らかになる驚愕の真相とは。現代に響く傑作ミステリ。（内澤旬子）
こ-34-6

笹本稜平
時の渚
探偵の茜沢は死期迫る老人から、昔生き別れになった息子を捜し出すよう依頼される。やがて明らかになる「血」の因縁と意外な結末。第18回サントリーミステリー大賞受賞作品。（日下三蔵）
さ-41-1

（　）内は解説者。品切の節はご容赦下さい。

廃墟に乞う
佐々木 譲
道警の敏腕刑事だった仙道は、ある事件をきっかけに休職中。だが、心身ともに回復途上の仙道には、次々とやっかいな相談事が舞い込んでくる。第百四十二回直木賞受賞作。（佳多山大地）
さ-43-5

地層捜査
佐々木 譲
時効撤廃を受けて設立された「特命捜査対策室」。たった一人の専従捜査員・水戸部は退職刑事を相棒に未解決事件の深層へ切り込む。警察小説の巨匠の新シリーズ開幕。（川本三郎）
さ-43-6

代官山コールドケース
佐々木 譲
神奈川県警より先に17年前の代官山で起きた女性殺しを解決せよ。密命を受け、特命捜査対策室の刑事・水戸部は女性刑事とコンビを組んで町の奥底へ。シリーズ第二弾。（杉江松恋）
さ-43-7

幻肢
島田荘司
交通事故で記憶を失い不安と焦燥でうつ病を発症した遥。TMS（経頭蓋磁気刺激法）の治療直後から出現した恋人・雅人の幻との逢瀬にのめり込む遥にやがて悲劇が!?（中野信子）
し-17-12

紫のアリス
柴田よしき
こんな最悪の日がある？　不倫を清算し会社を辞めた日、公園で死体を発見！　脇に立つのはウサギ？　そして不倫相手が自殺したという知らせが。脅える紗季を待ち受けるのは？（西澤保彦）
し-34-16

アンソロジー 捨てる
大崎 梢・近藤史恵・篠田真由美・柴田よしき・永嶋恵美
新津きよみ・福田和代・松村比呂美・光原百合
連作ではなく単発でしか描けない世界がある――9人の女性作家が持ち味を存分に発揮し、「捨てる」をテーマに競作！　様々な女性たちの想いが交錯する珠玉の短編小説アンソロジー。
し-34-50

アンソロジー 隠す
大崎 梢・加納朋子・近藤史恵・篠田真由美・柴田よしき
永嶋恵美・新津きよみ・福田和代・松尾由美・松村比呂美・光原百合
誰しも、自分だけの隠しごとを心の奥底に秘めているもの――。実力と人気を兼ね備えた11人の女性作家らがSNS上で語り合い「隠す」をテーマに挑んだエンターテインメントの傑作！
し-34-51

雫井脩介
検察側の罪人（上下）
老夫婦刺殺事件の容疑者の中に、時効事件の重要参考人が。今度こそ罪を償わせると執念を燃やすベテラン検事・最上だが、後輩の沖野はその強引な捜査方針に疑問を抱く。（青木千恵）
し-60-1

塩田武士
雪の香り
十二年前に失踪した恋人が私の前に現れた。だが彼女には何か大きな秘密があるらしい。彼女が隠す「罪」とは。『罪の声』著者が京都の四季を背景に描く純愛ミステリー。（尾関高文）
し-63-1

瀬川コウ
君と放課後リスタート
君を好きだった気持ちさえなくしてしまったのだろうか？　ある日、クラスメート全員が記憶喪失に!?　全ての人間関係の記憶も失われた状態で生まれた謎を「僕」は解き明かせるか。

せ-13-1

高村　薫
地を這う虫
——人生の大きさは悔しさの大きさで計るんだ。夜警、サラ金とりたて業、代議士のお抱え運転手……。栄光とは無縁に生きる男たちの敗れざるブルース。「愁訴の花」「父が来た道」等四篇。

た-39-1

高野和明
13階段
前科持ち青年・三上は、刑務官・南郷と記憶の無い死刑囚の冤罪をはらす調査をするが、処刑まで時間はわずか。無実の命を救えるか？　江戸川乱歩賞受賞の傑作ミステリー。（友清　哲）
た-65-2

滝沢志郎
明治乙女物語
西欧化の波が押し寄せる鹿鳴館時代。女高師で学ぶ咲と夏は、舞踏会で爆発事件に遭遇。それは、明治を揺るがす大事件の幕開けだった。松本清張賞受賞作の青春ミステリー。（中島京子）
た-103-1

辻村深月
太陽の坐る場所
高校卒業から十年。有名女優になった元同級生キョウコを同窓会に呼ぼうと画策する男女六人。だが彼女に近づく程に思春期の痛みと挫折が甦り……。注目の著者の傑作長編。（宮下奈都）
つ-18-1